아이슬란드
컬처 클럽

아이슬란드 컬처 클럽

아이슬란드에서 먹고 마시고 즐기는 법

글/사진	김윤정
초판 1쇄 발행	2016년 7월 12일
초판 2쇄 발행	2018년 7월 27일

발행처	이야기나무
발행인/편집인	김상아
아트 디렉터	박기영
기획/편집	박선정, 김정예
홍보/마케팅	한소라, 김영란
디자인	뉴타입 이미지웍스
인쇄	중앙 P&L
등록번호	제25100-2011-304호
등록일자	2011년 10월 20일
주소	서울시 마포구 양화로 10길 50 마이빌딩 2층
전화	02-3142-0588
팩스	02-334-1588
이메일	book@bombaram.net
홈페이지	www.yiyaginamu.net
페이스북	www.facebook.com/yiyaginamu
블로그	blog.naver.com/yiyaginamu

ISBN 979-11-85860-19-0
값 15,000원

이 도서의 국립중앙도서관 출판예정도서목록(CIP)은 서지정보유통지원시스템 홈페이지(http://seoji.nl.go.kr)와
국가자료공동목록시스템(http://www.nl.go.kr/kolisnet)에서 이용하실 수 있습니다.(CIP제어번호: 2016016103)

아이슬란드 컬처 클럽

STROKKUR
LITLI – GEYSIR
RDU
GOODS

JÓHANN ÓLI HILMARSSON
THE PUFFIN

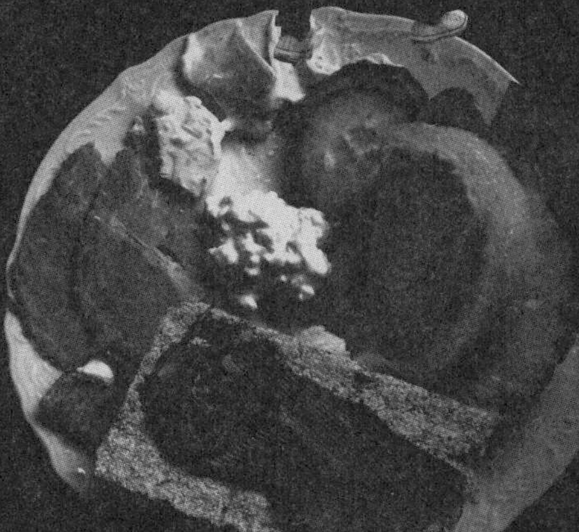

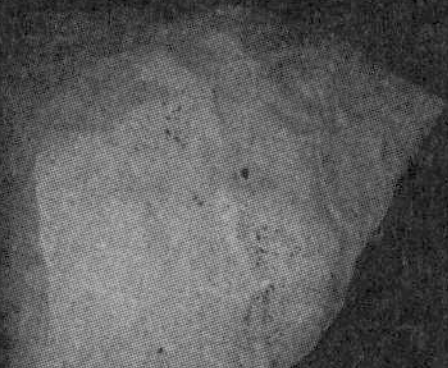

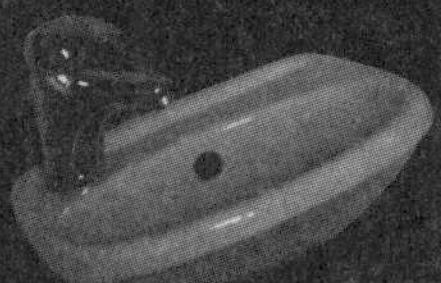

VOLCANO CANDLES
Handmade by Gingo
GILSFOSS
Dettifoss
Selfoss
VOGAFJÓS - CAFÉ

아이슬란드

갈래?

"왜 아이슬란드인가?"

물으면 답하기 어렵다.

"거기에 뭐가 있는지 모르니까."

이게 최선이다. 서울에 가만히 앉아선 아이슬란드에 뭐가 있는지 알 수 없으니까.

또 한 가지. 기억창고 구석에 먼지 쌓여가던 아이슬란드 밴드 시규어 로스Sigur Rós의 모습이 이토록 성가신 여행을 시작하도록 엉덩이를 세게 찼다. 시규어 로스라니. 지금은 흐릿한 이름이지만 한때는 우리의 우상이었던 그 이름. 영상을 전공한 나는 대학교 동기들과 학과 공부를 핑계로 밤새도록 강의실을 점거하고 영화를 보곤 했는데 어느 날 누군가 시규어 로스의 <헤이마Heima> DVD를 들고 왔다. 이름도 한 번에 외우기 힘든 아이슬란드 밴드의 고국 투어 다큐멘터리는 강렬했다.

불 꺼진 강의실 스크린 속엔 어둡고 신비한 숲이 있었다. 어둠을 헤치고 멀끔하게 차려입은 동네 할아버지, 할머니들이 모여들었다. 관객들이 나무둥치에 착석하자 엘프가 나뭇잎에 읊조리는 듯한 노래가 고요한 숲 속에 울려 퍼졌다. 멜로디가 뭉개져도 노래가 되고, 숲이 내는 소리도 음악이 되었다. 시규어 로스는 등장하는 둥 마는 둥. <헤이마>의 주인공은 아이슬란드의 텅 빈 소도시, 아무도 들춰보지 않은 자연, 그리고 거기에 스며든 노래였다. 밤인지 새벽인지도 알 수 없는 시간. 깊이를 알 수 없는 숲에서 일어난 동네 음악회. 언덕을 따라 내달리는 불빛. 텅 빈 항구에 각자의 악기를 들고 모여드는 주민들. 그들이 이루는 기묘한 화음. 아이슬란드는 전에 본 적 없던 신세계였다. 지구에 존재하지 않을 것 같은 공간을 훔쳐본 느낌. 그걸 잊지 못하고 한동안 꿈속에서 보았다.

"아이슬란드 갈래?"

거절하지 못할 제안이었다. 망설이지도 않았다. 그렇게 어느 6월, 해가 지지 않는 아이슬란드로 향했다. 오로라가 없는 계절이었다. 대신 오로라만큼 매력적인 컬처 로드를 발견했다.

ICELAND ROAD TRIP

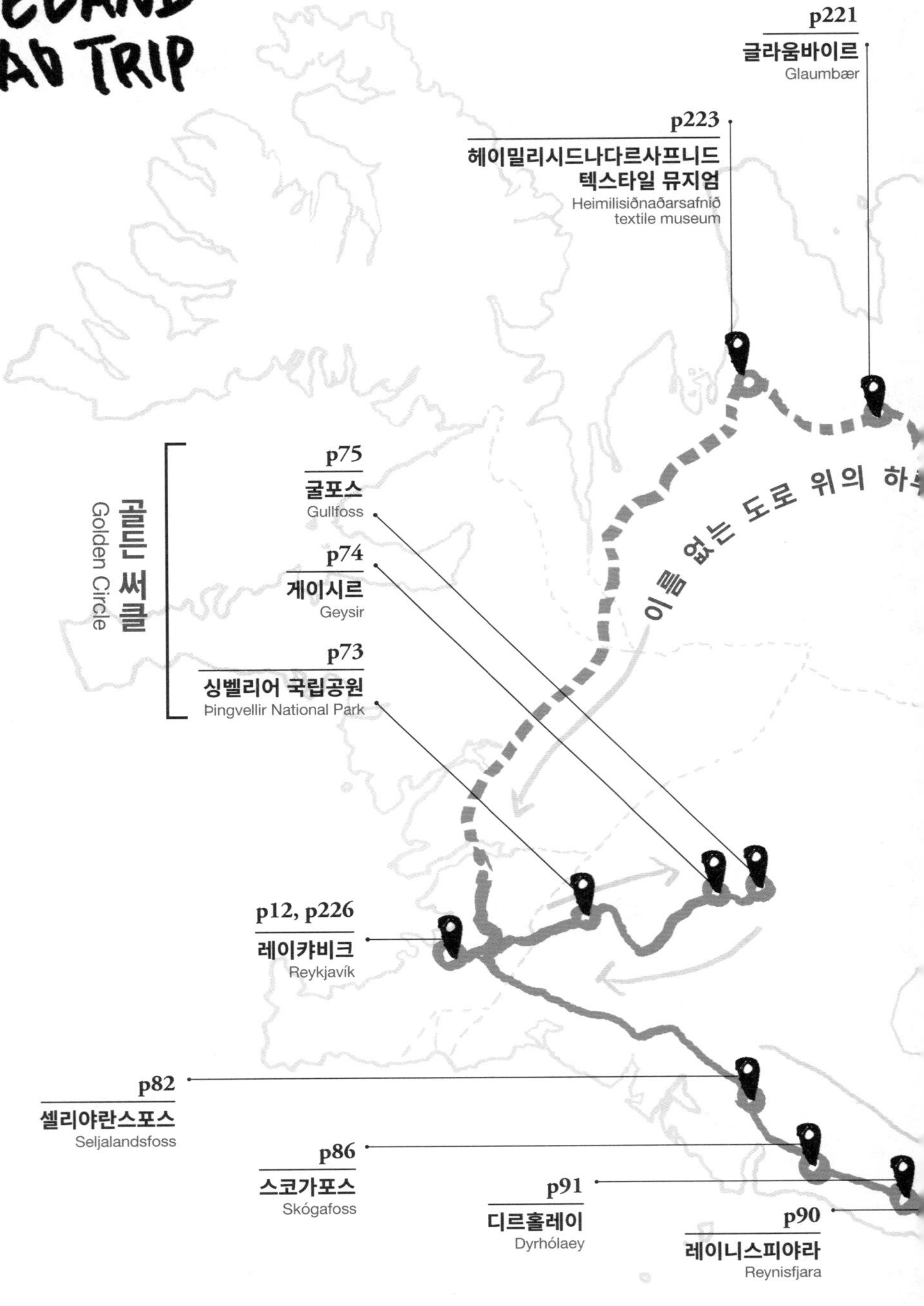

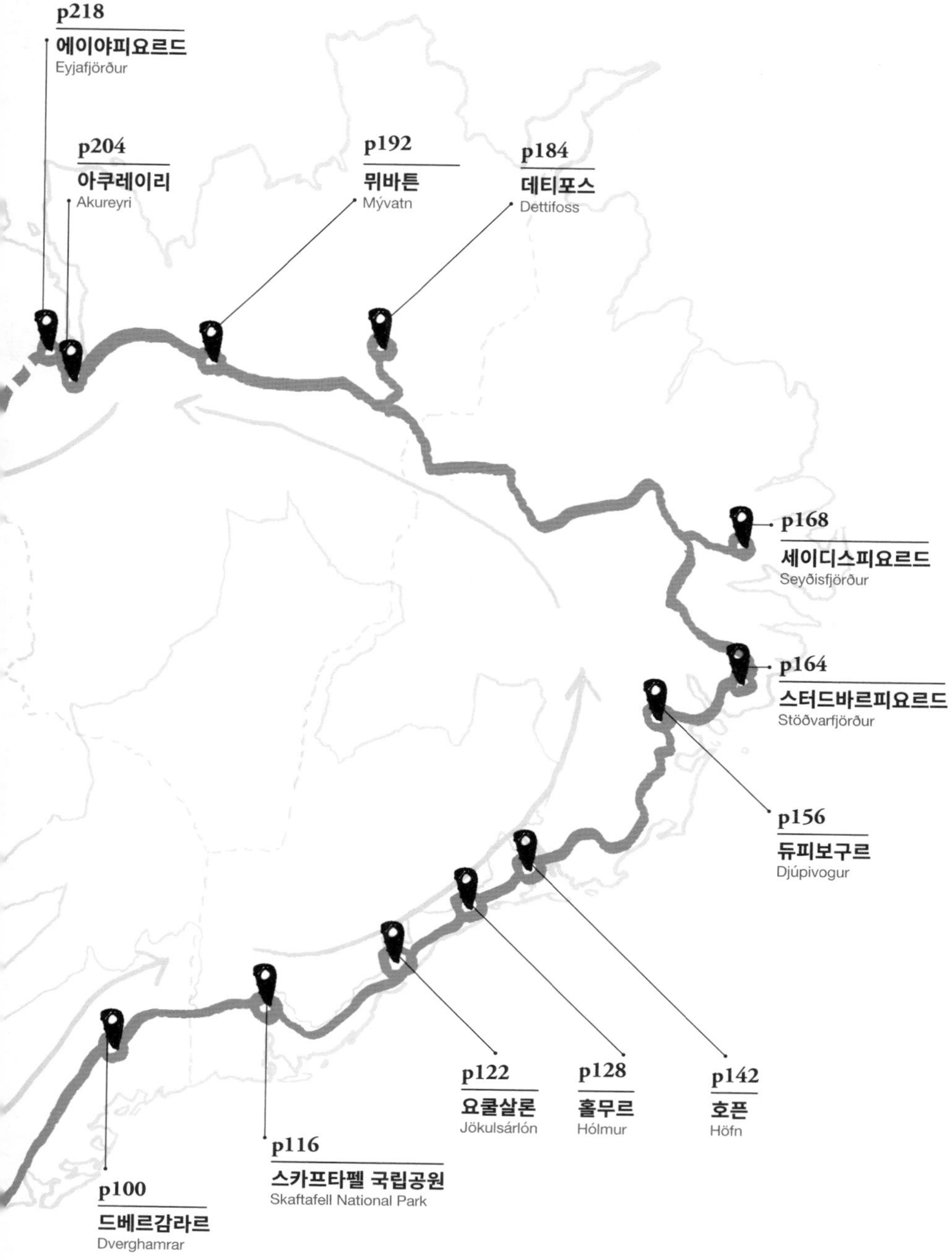
p218
에이야피요르드
Eyjafjörður
p204
아쿠레이리
Akureyri
p192
뮈바튼
Mývatn
p184
데티포스
Dettifoss
p168
세이디스피요르드
Seyðisfjörður
p164
스터드바르피요르드
Stöðvarfjörður
p156
듀피보구르
Djúpivogur
p142
호픈
Höfn
p128
홀무르
Hólmur
p122
요쿨살론
Jökulsárlón
p116
스카프타펠 국립공원
Skaftafell National Park
p100
드베르감라르
Dverghamrar

1 레이캬비크의 이방인

"여행 기자가 여행 가고 싶어서 회사를 그만둔다는 게 말이 되니?"

악몽이다. 어두컴컴하고 한기 도는 곳에서 눈을 비비며 일어났다. 꿈인지 아닌지 확인하기 위해 영화 <인셉션>의 레오나르도처럼 팽이를 돌려보려고 했는데 안타깝게도 주머니에 팽이 같은 건 없다. 대신 앞 좌석 주머니에 친절하게 핸드폰이 꽂혀있다. 시계를 확인하니 6월 20일 금요일. 매달 19일 마감 후 20일 대체휴무일엔 언제나 침대 위에서 곯아떨어져 있었는데. 지난 몇 년간 그랬는데. 왜 황금 같은 대체휴무일에 무릎도 쭉 펴지 못하고 좁은 의자에 앉아서 자고 있는 걸까? 답은 머리맡의 메모에 있었다.

'손님이 자느라 건너뛴 식사가 준비되어 있습니다. 언제든지 승무원을 불러주세요.'

기억났다. 여긴 핀란드 헬싱키로 날아가는 비행기 안이다. 서울에서 헬싱키까지 10시간을 날아가는 동안 기내식이 두 번 나오는데 마침 마지막 식사 카트가 지나갔다. 굶주린 채 헬싱키에서 레이캬비크까지 비행기를 갈아타고 4시간이나 더 갈 순 없다. 승무원과 눈을 마주치며 손을 번쩍 들었다.

6.20
REYKJAVÍK

이 비행기에 오르기 몇 시간 전까진 나는 여행 월간지의 기자였다. 그런데 새벽 다섯 시까지 야근을 하다 회사에서 바로 여행 가방을 끌고 공항으로 가는 것으로 4대보험과 이별을 고했다. 비행기가 이륙하자 나의 신분은 프리랜서, 즉 잠정적 백수가 되었다. 자발적 퇴사자라 불러도 무관하다.

한 달 전 편집장이 마지막으로 물었다.

"여행 기자가 여행 가고 싶어서 회사를 그만둔다는 게 말이 되니?"

"지금이 아니면 평생 아이슬란드에 못 갈 것 같아요."

아이슬란드라는 멀고 아득한 말은 허울 좋은 핑계다. '제가 지금 매우 심신이 허약하여 어디든 아무 생각 없이 떠나고 싶어서 안달이 났어요.'라든가, '39시간 동안 집에 못 가는 일상을 제 삶에서 잠시 떼어놓고 싶어요.'라고 말하는 것보다는 그편이 좀 덜 초라할 것 같았다. 모두의 만류에도 짐을 쌌다. 아이슬란드로 떠나기 직전 일주일간 밤을 하얗게 불태우고 비행기에 올라 기절하듯 잠들었다. 그렇게 찌뿌둥하게 자고 일어난 마감노동자 앞에 거짓말같이 아이슬란드가 나타났다.

이게 무슨 고생이야 아이슬란드가 뭐라고

Location: REYKJAVÍK / Day: 6.20

케플라비크Keflavík 공항 게이트가 열리고 희고 뿌연 공기가 이방인을 둘러싼다. 청바지에 맨투맨 티셔츠 차림이었던 나는 가방을 뒤져 얇은 거위 털 패딩을 꺼냈다.

"이게 무슨 고생이야. 아이슬란드가 뭐라고."

14시간 동안 접혀있던 무릎이 쑤셔서 불평이 멈추질 않았다.

"6월인데 왜 이렇게 추워."

을씨년스러운 날씨는 '제일 빠른 비행기 편을 타고 서울로 돌아가 방안에서 만화책을 보며 치킨이나 뜯으라'고 부추긴다.

"이놈의 정없는 북유럽 날씨! 지중해 햇볕처럼 끈끈하게 달라붙을 줄을 몰라."

언제나처럼 여행은 불만으로 시작된다. 여행이란 얼마나 귀찮고 성가신 일인가. 여행지에서 일어날 모든 일을 예측해서 준비하고, 숙소를 심사숙고해서 고르고, 예약하고, 거절당하고, 다시 검색하는 일련의 과정을 스스로 헤쳐 나가야 한다. 그 과정에서 '여행 전 증후군' 증상이 나타난다. 징후는 만사가 귀찮음. 그로 인한 합병증상은 여행 가방을 펼쳐놓고 2박 3일 보내기, 비행기 표와 달력을 번갈아 보며 한숨 쉬기 등. 마음 같아서는 내 방을 통째로 착착 접어서 압축팩에 넣은 다음 들고 다니고 싶지만 그럴 수 없다는 게 가장 큰 문제다. 20kg짜리 여행 가방에 여행 동안 삶을 연명할 수 있는 생필품을 쑤셔 넣어야 한다. 두세 달에 한 번씩 출장을 가는 직업 성격상 짐을 꾸리는 데 익숙하지만 행선지가 아이슬란드인만큼 긴장을 늦출 수 없다. 길가에 있는 이끼나 천 년 묵은 빙하에 일회용 렌즈나 로션을 내놓으라고 할 순 없으니까. 양말은 한 짝만 가져오지 않았는지, 속옷은 넉넉히 챙겼는지 불안에 떨면서 왜 여기에 왔는지 자문해 본다.

구겨져 있던 인상은 망망대해같이 황량한 이끼 벌판이 나타나자 서서히 풀어졌다.

'내가 상상하던 그대로야. 아무것도 없잖아. 황량하다. 이렇게 좋을 수가!'

Location: REYKJAVÍK / Day: 6.20

창문에다 코를 박고 지평선을 바라본다. 공항버스가 피로에 찌든 인간을 태우고 레이캬비크Reykjavík를 향해 달려간다. 서서히 여행 전 증후군에서 벗어나고 있다. 구시렁거림이 두근거림으로 바뀌는 중이다.

저녁 8시, 아이슬란드의 수도 레이캬비크 도심에서 살짝 떨어진 호스텔에 도착해 옷을 가볍게 갈아입고 골목길을 어슬렁댔다.

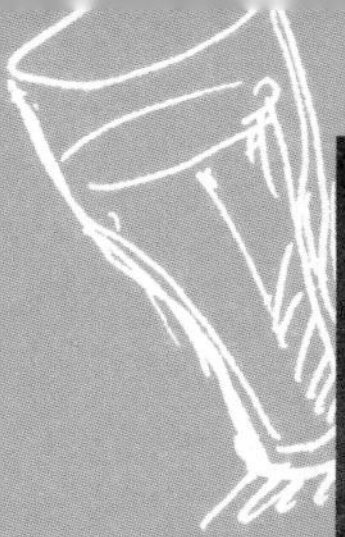

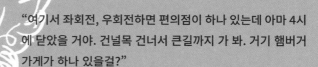

"여기서 좌회전, 우회전하면 편의점이 하나 있는데 아마 4시에 닫았을 거야. 건널목 건너서 큰길까지 가 봐. 거기 햄버거 가게가 하나 있을걸?"

친절한 호스텔 매니저가 그려준 지도를 손에 꼭 쥐고 처음 심부름을 가는 아이처럼 긴장하며 길을 나섰다. 처음 만나는 기후, 처음 보는 동네, 낯선 사람들, 기분 좋은 긴장감, 그리고 익숙한 미국식 햄버거. 동네 햄버거집에는 슬리퍼를 끌고 나온 가족들과 수다 파티를 연 청년들이 맥주랑 햄버거, 프렌치프라이를 놓고 떠들고 있다. 레이캬비크의 흔한 금요일 풍경이다. 미디움으로 익힌 패티에 베이컨을 올리고 마요네즈 뿌린 1만8천 원짜리 햄버거를 우걱우걱 씹어먹었다. 한 입 베어 물 때마다 3천 원어치씩 없어졌지만 실실 웃음이 났다. 아이슬란드에 왔다. 북유럽의 여름에 도착했다. 백야다. 기록할만한 금요일이다.

아이슬란드 여행자를 위한 WWW

Visit Iceland
www.visiticeland.com

아이슬란드 공식 관광 홈페이지. 내륙부터 피요르드까지, 아이슬란드의 모든 지역에 대한 가장 믿을 만한 정보를 얻을 수 있다. 인구와 언어, 기후 등 기본 정보를 습득한 뒤 여행자에게 필요한 APP, 면세 쇼핑법을 훑어볼 것. 사이트 내에서 각종 액티비티와 캠핑장 위치, 지역 여행사 연락처도 검색할 수 있다.

What's On
www.whatson.is

아이슬란드 심포니의 공연과 작은 카페에서 열리는 재즈 공연 일정이 공존하는 곳.
아이슬란드 전역에서 열리는 크고 작은 축제와 이벤트를 공지한다. 음악 공연 소식 외에도 페스티벌, 연극, 스탠드업 코미디, 마라톤, 워크숍 등 다양한 행사를 '이벤트 캘린더'에서 확인할 수 있다.

Film in Iceland
www.filminiceland.com

아이슬란드 영화진흥위원회에서 운영하는 사이트. 영화 로케이션 매니저가 아니라, 평범한 여행자라 하더라도 이 사이트에 방문할 것을 권한다. 아이슬란드에서 찍은 영화와 촬영 장소들을 모아두었다. 눈에 익은 배우들이 촬영 후 남긴 코멘트를 읽는 재미도 쏠쏠하다. 배우 톰 히들스턴은 영화 <토르:다크 월드> 촬영 후 이런 멘트를 남겼다. "아이슬란드의 스바르탈프헤임*Svartalfheim* 지역은 지구상의 모든 지역을 한데 모아놓은 것 같아요."

The Icelandic Road and Coastal Administration
www.road.is

자동차를 끌고 아이슬란드 전역을 누릴 여행자를 위한 필수 사이트. 날마다 도로 상황이 업데이트된다. 겨울엔 폭설로 도로가 폐쇄되진 않았는지, 내륙 지역으로 진입할 땐 비포장도로가 얼마간 이어지는지 확인하는 데 유용하다. 도로에 설치된 카메라로 실시간 상황을 살필 수 있다.

Hot Pot Iceland
hotpoticeland.com

전국에 있는 온천과 수영장을 안내하는 사이트. 온천을 즐기는 것은 아이슬란드인에게 중요한 문화다. 노천온천만큼 여행자에게 아이슬란드인들의 민낯을 드러내는 곳도 없을 것이다. 사이트에 있는 지도에서 가장 가까운 온천과 수영장을 확인할 수 있다. 주유소 위치 정보는 덤이다.

Icelandic Farm Holidays
www.farmholidays.is

아이슬란드 내 팜스테이 정보가 있는 사이트. 아이슬란드에는 호텔, 호스텔, 공유민박 외에도 팜스테이라는 독특한 숙박시설이 보편화되어 있다. 팜스테이란 농가 한편에 마련한 숙소에서 하룻밤 묵어가는 것! 짚이 깔린 축사를 내주는 것이 아니니 걱정하지 말자. 아이슬란드의 주요 거점 도시를 벗어난 지역에선 이런 팜스테이가 흔하다. 링로드를 따라 아이슬란드 완주를 계획하고 있다면 아침 식사가 포함된 팜스테이에서 꼭 한번 묵어보길. 갓 짠 우유로 만든 치즈와 근처 바닷가에서 공수한 청어 절임 등 아이슬란드 엄마 밥상을 맛볼 수 있다.

Trip Advisor
www.tripadvisor.co.kr

전 세계 여행자들의 집단 지성으로 매겨진 트립어드바이저의 별점은 꽤 정확한 편. 후기까지 꼼꼼히 읽은 후 선택한 숙소는 한 번도 실망시킨 적이 없다. 아이슬란드에 대한 일반 정보, 가봐야 할 곳, 레스토랑, 호스텔 등을 소개한다.

Creative Iceland
creativeiceland.is

레이캬비크에 머무는 여행자를 위한 현지인 따라잡기 프로그램을 소개한다. 아이슬란드 치즈&요구르트 만들기부터 뜨개질 교실, 오로라를 따라다니며 사진 찍기 강좌까지 다양한 원데이 클래스를 경험할 수 있다. 짧은 시간에 아이슬란드 문화를 경험하고 싶다면 추천!

Meet the Locals
www.meetthelocals.is

사이트의 슬로건은 '방문할 땐 낯선 사이지만, 떠날 땐 친구로!'다. 마을 토박이들과 함께 동네 한 바퀴, 말타기, 아이슬란드인처럼 겨울나기 등 아이슬란드 동쪽 지역에서 즐기는 다양한 유료 여행 프로그램을 제공하는데, 그중에서도 '현지인의 집에서 저녁 식사하기'가 눈에 띈다. 아이슬란드 가정을 방문해 집밥을 나눠 먹으며 정답게 이야기를 나눌 기회!

Guide to Iceland
guidetoiceland.is

대외적으로는 여행자를 위한 예약 대행 서비스이나, 실은 아무도 알려주지 않는 아이슬란드의 비밀을 폭로하는 사이트다. 히스토리&컬처*History&Culture* 섹션에서 아이슬란드인들이 별나 보이는 10가지 이유, 아이슬란드에서 할 수 있는 가장 바보 같은 짓, 아이슬란드에서 저스틴 비버처럼 행동하면 안 되는 5가지 이유를 알 수 있다.

The Reykjavik Grapevine

grapevine.is

현지인의, 현지인에 의한, 현지인을 위한 온라인 뉴스 채널. 잘 알려지지 않은 아이슬란드 구석구석을 여행하는 법과 아이슬란드인의 시선으로 본 냉정한 레스토랑 및 카페 리뷰, 새 음반을 낸 뮤지션 인터뷰 등을 싣는다. 개인적으로 요크 언더우드*York Underwood*가 매주 연재하는 '화요일의 수프*Soup Tuesday*'라는 칼럼을 즐겨 읽는다. 아이슬란드인의 수프 사랑을 알 수 있으며 순도 100% 로컬 수프 레시피를 얻을 수 있다.

I Heart Reykjavik

www.iheartreykjavik.net

레이캬비크 주민이자, 아이슬란드 여행자 어이두르*Auður*의 개인 블로그. 블로그의 성공으로 다니던 여행사를 관두고 자신이 만든 여행 프로그램의 가이드로 변신했다. 다정한 말투로 쓰인 블로그에서 그녀가 직접 아이슬란드를 여행하며 쌓은 노하우를 얻을 수 있다.

Ask Guðmundur on Facebook & Twitter

#AskGuðmundur

자칭 '세계 최초의 인간 검색엔진'. 정말로 기발하고 아이슬란드다운 서비스다. 구드문두르*Guðmundur*는 아이슬란드 전역에서 4천 명 이상이 쓰는 가장 흔한 성씨로 아이슬란드의 일곱 지역에 사는 일곱 명의 구드문두르가 당신의 질문에 답을 한다. 페이스북이나 트위터에 아이슬란드에 대한 질문과 함께 #AskGuðmundur라는 해시태그를 덧붙이면, 그중 마음에 드는 질문을 골라 매주 하나씩 유튜브에서 답을 제시한다. 조상으로부터 내려온 지혜와 가족, 친지, 친구 등 인간 검색엔진을 이용해 얻은 답은 어느새 많은 양이 쌓여 살아있는 열람실이 되고 있다. "아이슬란드는 1년 내내 추운가요?"에 대한 답은 이미 나와 있다. 각종 SNS와 검색사이트에서 #AskGuðmundur를 검색하라.

2 토요일엔 하이파이브를!

주말 오전, 어디선가 열리는 동네잔치에 나만 초대받지 못한 찜찜한 기분을 느끼며 텅 빈 주택가를 걸었다. 남한과 엇비슷한 크기의 아이슬란드 인구는 약 32만 명, 그중 60%가 레이캬비크에 살고 있다고 했는데 믿을 수가 없었다. 길거리에 사람이 하나도 없다니. 주말 아침엔 온 가족이 온천물에 수영하러 가는 전통이라도 있는 걸까. 빈 거리가 으스스하게 느껴질 때쯤 저 멀리 익숙한 얼굴이 보였다.

"선배!"

두 동양인이 집 나간 아이슬란드인을 찾기라도 하듯 두리번거리며 멀리서 걸어왔다. 나보다 하루 늦게 도착한, 앞으로 아이슬란드 여행을 함께할 동행이다.

6.21 —— 6.22
REYKJAVÍK

※할그림스키르캬

선배 N과 B, 그리고 나. 셋이 11일간 아이슬란드를 함께 여행한다. 우리의 여행 계획은 어느 추운 겨울, 이태원 양꼬치집에서 시작됐다. 영화 <월터의 상상은 현실이 된다>가 한참 극장에서 흥행하고 있을 때였다. 나의 첫 직장 사수이자 한 패션매거진의 에디터였던 선배 N이 아이슬란드 여행의 운을 띄웠고 내가 여흥을 부추겼다. 그리고 몇 달 뒤 소식을 들은 선배 B가 합류했다. 잡지사 에디터 셋으로 이루어진 아이슬란드 여행자 동맹이 꾸려진 것. 셋은 무인도에 떨어져도 각자 다른 곳에 다른 모양의 집을 짓고 살 것처럼 성격이 완전히 달랐지만 아이슬란드가 우리를 구원하리라 생각했다. 동유럽과 모스크바 등 잘 알려지지 않은 도시로 모험을 떠나길 좋아하는 선배 N과 좋아하는 LA로 여행을 떠났다 하면 집에서 두문불출하는 선배 B, 그리고 여행이 직업이었던 나. 그래도 한 가지 통하는 점은 힙스터의 그림자를 쫓는다는 거다. 아이슬란드의 거대한 자연과 레이캬비크의 힙스터 얼굴을 육안으로 확인하겠다는 부푼 마음과 각자의 꿍꿍이를 안고 여기에 왔다. 셋 중에 둘은 아이슬란드를 핑계로 회사를 그만뒀으며 나머지는 회사를 그만둔 김에 아이슬란드로 떠나왔다.

"가방 안에 햇반이랑 컵라면은 무사하죠?"

서울의 대형마트에서 함께 장을 본 뒤 한 달여 만에 만난 선배들에게 공동 식량의 안부부터 물었다. 아이슬란드의 무시무시한 물가를 익히 들어서 알고 있었기 때문에 여행 가방의 절반을 레토르트 식품으로 채워왔다.

선배들이 도착하기 전 나는 호스텔에서 나와 에어비앤비를 통해 집을 빌려준 에바에게 키를 받아 놓았다. 3일간 머물 동네는 도심에서 걸어서 20분 정도 떨어진 주거 지역이다. 선배들보다 한 시간 먼저 도착한 내가 에바네 집 가이드를 자청했다.

> "아이슬란드의 궂은 날씨를 막아줄 단단한 외양이 지나치게 기능에 치우쳐 있어 어쩌면 쓸쓸해 보이는 집에 오신 걸 환영합니다. 대문을 열고 들어오면 바로 계단이 나오니까 당황하지 마세요. 이 계단 아래로 내려가면 공동세탁실, 위로 올라가면 에바네 집이 나옵니다. 신발은 벗고 들어오세요. 아이슬란드에서는 실내에서 신발을 벗는답니다. 에바는 우리를 위해 옷장 한 칸을 비워두고 냉장고에서 뭐든 꺼내먹어도 좋다고 한 뒤 떠났어요."
> "여기 꼭 너희 집 같다야."

"그럼 이제 아이슬란드 사람들을 찾으러 가 볼까요?"

아이슬란드 여행자 동맹은 게으름을 피우지 않고 곧장 레이캬비크의 중심지로 향했다. 지령은 '교회를 향해 걸어라'. 대개 2~3층으로 지어진 레이캬비크의 나지막한 집 사이에서 거인처럼 우뚝 선 할그림스키르캬Hallgrímskirkja의 첨탑을 쫓아간다. 교회가 점점 크게 보일수록 레이캬비크 시내가 가까워지고 있단 뜻이다. 할그림스키르캬에서 콘서트홀인 하르파Harpa 사이에 낀 지역이 레이캬비크에서 가장 번화한 곳이다. 우편번호를 따서 '101 레이캬비크'라 불린다. 훗날 에바네 집에서 도심까지 이어지는 이 짧은 모험을 누군가 상기한다면 세 동양인이 '왜 이렇게 먼 곳에 숙소를 잡아서 고생이냐'고 구시렁거리며 걸었던 길로 기록될 것이다. 복잡한 버스노선과 엉뚱한 곳에서 내릴지도 모른다는 불안함, 약 3천 원가량의 비싼 버스비 때문에 우리는 걷고 또 걸었다. 다행히 모험은 20분 만에 끝났다.

레이캬비크의 도심은 아담하다. 복잡한 골목길을 따라 둘러보는 데 한나절도 길다. 상점의 쇼윈도에 현혹되지 않고 물욕 없이 걷는다면 2시간 만에 주파할 수 있다. 주말 오전에 동네에서 실종됐던 사람들이 여기 다 모인 듯 거리마다 북적댔다. '라떼를 마시고 울스카프를 하는 사람'만큼 관광객도 많아 보였다. 아이슬란드 사람들은 중심지인 101 레이캬비크에 산다고 으스대는 사람을 '라떼나 마시고 울스카프나 하는 놈'이라고 비꼰다. 자주 인용되는 예문으로는 "라떼나 마시고 울스카프나 하는 놈은 101 레이캬비크가 세상의 중심인 줄 알지!"가 있다. 하여튼 라떼도 마시기 전이고 울스카프도 걸치지 못한 우리는 관광객들을 상대하는 기념품 가게를 신나게 들쑤시고 다녔다.

그런 다음엔 아이슬란드 사람들의 주말에 좀 더 가까이 다가갔다. 가장 유명한 쇼핑거리 크베르피스가타Hverfisgata에서 로컬 의류 브랜드의 옷을 걸쳐보고, 런던에서 이주했다는 가죽공예가의 작업실에서 한참 수다를 떨다, 음반 가게에 들러 마음에 드는 중고 LP를 들었다. 그리고 마침내 전 세계적으로 퍼져 나가고 있는 론드로맷 카페Laundromat Cafe-지하에 정말로 드럼세탁기가 분주하게 돌아가고 있는 셀프 세탁실이 있다-에 앉아 고소한 라떼를 마셨다.

-THIS IS-
ICELANDIC
INDIE MUSIC
VOL. II
LP & CD Out Now!

카페 유리창 너머에는 수많은 공연 포스터의 쨍한 형광 염료가 거리에 색을 불어넣고 있었다. 이곳 사람들에게 직업을 물으면 열에 여섯 이상은 '뮤지션'이라고 대답을 할 거다. "저는 축구선수인데요, 음악도 합니다.", "정치가로 유명하지만 직업이 하나 더 있습니다. 뮤지션이죠.", "청소부인데 밴드에서 보컬을 맡고 있습니다.", 뭐 이런 식이라고 한다. 매년 11월 유럽에서도 유명한 뮤직페스티벌 아이슬란드 에어웨이브Iceland Airwave가 열리는 시즌엔 101 레이캬비크 전체가 공연장으로 변한다. 14곳의 공식 공연장 외에 40~50군데의 비공식 공연장에서 무료 공연이 이어진다. 서점이건 이발소건 커피숍이건 음악 소리가 들리는 모든 곳이 페스티벌의 무대가 된다. 혹시 좀 전에 라떼를 만들어 준 바리스타도 뮤지션이 아닐까 고개를 돌려보았다.

101 Reykjavík

Caffe Latte & Wool Scarf

Location: REYKJAVÍK / Day: 6.21 —— 6.22

KAUPI VÍNYL
STAN GETZ
BIG BAND BOSSA NOVA

시내 구경의 마지막 코스는 주말에만 열리는 콜라포르티드 플리마켓Kolaportið Flea Market이다. 여행하는 도시마다 벼룩시장을 찾아다니는 벼룩시장 사냥꾼으로서 당연히 거쳐야 할 장소였다. 레이캬비크의 벼룩시장은 늘 그 자리를 지키고 있는 컬렉터들과 장롱 속 오래된 물건을 들고 온 일반인들이 적절히 섞여 있어 구경할 거리가 풍성했다. 시내를 쏘다니던 시간보다 벼룩시장에서 물건을 고르는 시간이 더 오래 걸릴 정도로 말이다. 우리는 추운 나라의 전유물인 무스탕과 러시아 할머니들의 털모자 샤프카를 고르느라 전 재산을 탕진할 뻔했다. 할머니가 물려준 듯한 빈티지 유리컵과 바이킹이 그려진 머그잔 앞에서 멈춰 서길 여러 번, 오래된 책과 LP는 뒤지기 시작하면 멈출 수가 없을 것 같아서 곁눈질로 살펴봤다. 누군가 우리를 동쪽에서 온 1900년대 공산품 컬렉터나 헤리티지를 취급하는 장물아비냐고 의심해도 이상하지 않을 거다. 정신을 차려보니 손에 크고 작은 촛대 3개와 울로 만든 양말, 덴마크에서 일 년에 한 번씩 지역 예술가와 콜라보레이션해서 만든다는 유리병 장식이 들려있었다. 엄마가 알면 분명 혀를 끌끌 찰, 아름답고 쓸데없는 물건이다. 실종된 줄만 알았던 아이슬란드 사람들도 이곳에서 코를 박고 오래된 물건을 뒤지고 있었다.

'도넛이냐, 핫도그냐.'

벼룩시장에 방문한 사람이라면 이 질문을 피해 가지 못한다. 벼룩시장이 열리는 커다란 창고 한쪽에는 북유럽 전용 도넛을 팔고, 벼룩시장 정문 앞 간이매장에선 아이슬란드에서 가장 맛있다고 소문난 핫도그를 판다. 고민 끝에 둘 다 맛보기로 했다. 아이슬란드식 도넛은 양쪽 끝이 엘프의 귀처럼 뾰족하게 생겼다. 설탕물로 반짝거리지도 않고 초콜릿 장식도 없는 소박한 도넛은 생긴 것처럼 담백한 맛이다. 우리나라 시골 장터에서 파는 도넛 맛이다. 북유럽의 여러 나라가 이 도넛의 원조국 타이틀을 두고 다투고 있는데 스웨덴에서는 크리스마스에 이 도넛을 문에 달아놓고 손 안 대고 먹는 시합을 벌인다고 한다. 게눈 감추듯 도넛을 먹어치우고 핫도그를 향해 돌진했다.

플리마켓 앞 핫도그 가게엔 길게 줄을 서 있다. 아이슬란드의 핫도그 사랑은 유별나다. 주위에 아이슬란드 친구들이 있다면 절대 아이슬란드 핫도그의 이름을 필사Pylsa로 불러야 할지, 풀사Pulsa로 불러야 할지 물어보지 말지어다. 그들은 밤새 자신이 지지하는 핫도그의 이름에 대해 장황한 설명을 늘어놓으며 논쟁을 벌일지 모른다. 오해할까 봐 말하지만 Pylsa와 Pulsa는 정확히 같은 맛과 모양의 핫도그다. 같은 핫도그를 두 가지 이름으로 부르는 거다. 모든 국민이 자신만의 핫도그 먹는 법과 핫도그에 대한 철학을 가지고 있을 만큼 핫도그를 향한 사랑이 열렬한데 한편으론 요리라고 부르기엔 멋쩍은 음식이 전 국민의 소울푸드라는 점이 애처롭기도 하다. 어쨌든 아이슬란드식 핫도그는 국민의 사랑에 힘입어 계속해서 맛을 업그레이드해왔다. 핫도그 빵을 따뜻하게 데운 다음 맥주에 삶은 소시지, 생양파, 바삭하게 튀긴 양파, 케첩, 아이슬란드식 특제 머스터드, 레물라드 소스를 넣어 먹는다. 하나로는 아쉬워 입맛을 다시게 하는 명물인 건 분명하다.

벼룩시장의 전리품을 들고 집으로 돌아가는 길, 돌돌 바퀴 구르는 소리가 들린다. 뒤를 돌아보자 스파크가 일어났다. 스케이트보드를 타는 소년이 선배 N을 바라보며 한 손을 올렸고 반사적으로 선배도 오른손을 높이 들었다. 그다음 하이파이브! 5초 만에 쿵짝이 일어났다. 또래의 스케이트 무리와 동양인 여자들은 동시에 웃음이 터진다. 영화 <월터의 상상은 현실이 된다>의 주인공이 자신의 인형 쭉쭉이와 스케이트보드를 물물교환한 아이들 나이쯤 되어 보였다. 가장 친밀하고 유쾌한 방식으로 이방인을 환영해 준 아이들의 등 뒤로 윙크를 날리며 행운을 빌었다. 집에 도착하면 엄마가 만든 따끈따끈한 홈메이드 핫도그가 기다리고 있길!

ICELAND
GIFTSTORE
RAMMAGERÐIN
www.bbp.is
Íslendingar borða SS pylsur
Bæjarins
beztu
pylsur

Location: REYKJAVÍK / Day: 6.21 —— 6.22

KENZO

11

레이캬비크, 주말의 할 일 9

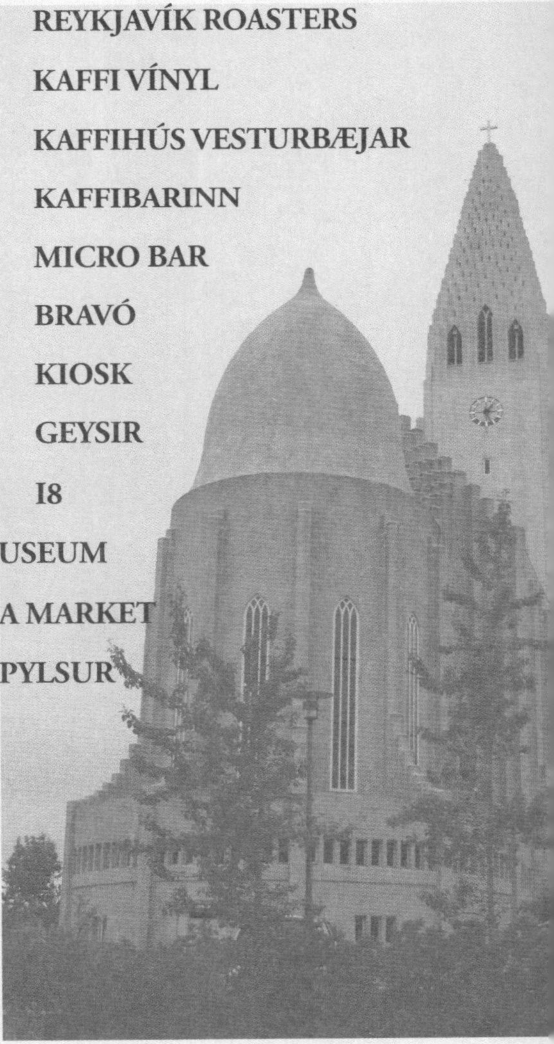

VESTURBÆJARLAUG

SUNDHÖLL REYKJAVÍKUR

SALT ELDHÚS

DILL

MATUR OG DRYKKUR

MOKKA KAFFI

REYKJAVÍK ROASTERS

KAFFI VÍNYL

KAFFIHÚS VESTURBÆJAR

KAFFIBARINN

MICRO BAR

BRAVÓ

KIOSK

GEYSIR

I8

REYKJAVÍK ART MUSEUM

KOLAPORTIÐ FLEA MARKET

BÆJARINS BEZTU PYLSUR

①

비 오는 날엔 노천온천

아이슬란드인들은 뜨거운 물이 솟아나는 곳이라면 어디든 풍덩 뛰어든다. 허구한 날 들이치는 비와 바람 등 모진 날씨 때문에 우울해지는 날엔 뜨거운 물이 흐르는 노천온천이 위로가 된다. 뜨거운 물에 몸을 담그면 기분이 좋아지고 바깥에서 부는 찬바람도 상쾌하게 느껴진다. 수영장이 있는 곳엔 항상 노천온천도 있다. 레이캬비크에도 심심할 때, 운동할 때, 친구들과 어울릴 때 각기 다른 용도로 이용할 수 있을 만큼 많은 수의 야외 수영장과 노천온천이 있다. 상대적으로 저렴한 데다 접근성이 좋아 현지인들에겐 블루 라군보다 인기가 좋다.

베스투르바이야르뢰이그*Vesturbæjarlaug*는 현지인들이 가장 아이슬란드다운 분위기의 수영장으로 꼽는 곳이다. 25m 수영장과 4개의 노천온천, 사우나를 이용할 수 있고 아이들을 위한 작은 워터슬라이드가 있다. 노천온천에서는 정치 얘기로 시끄럽게 언쟁 중인 아이슬란드인이나 소녀들에게 시를 읽어주는 유명 밴드 멤버를 만날지도 모른다.
순트홀 레이캬비쿠르*Sundhöll Reykjavíkur*는 도시에서 가장 오래된 수영장이다. 레이캬비크의 상징인 할그림스키르캬 교회를 설계한 아이슬란드 유명 건축가 구드욘 사무엘손*Guðjón Samúelsson*의 또 다른 작품이다. 보수공사를 꾸준히 진행하면서도 1930년대 예스러운 분위기를 그대로 유지하고 있는 것이 특징. 고전적인 느낌의 길쭉한 직사각형 창문이 있는 실내 수영장과 야외에 마련된 노천온천으로 구성되어 있다. 어느 수영장을 선택하든 자신의 수건과 수영복을 챙길 것.

Vesturbæjarlaug

주소 Hofsvallagata, 107 Reykjavík
연락처 +354 411 5150
월-목 6:30-22:00, 금 6:30-20:00
토-일 9:00-18:00

Sundhöll Reykjavíkur

주소 Barónsstígur 45a, 101 Reykjavík
연락처 +354 411 5350
월-목 6:30-22:00, 금 6:30-20:00
토 8:00-16:00, 일 10:00-18:00

② 아이슬란드 가정식 배우기

아이슬란드를 온전히 이해하고 싶다면 그들이 무엇을 먹는지 아는 것이 우선이다. 레이캬비크에는 하루 만에 아이슬란드 식생활을 훑어볼 수 있는 원데이 쿠킹 클래스가 있다. **살트 엘드후스**Salt Eldhús는 아이슬란드 셰프와 함께 제철 식재료를 이용해서 3코스 요리를 만드는 특별한 경험을 제공한다. 3코스는 생선, 육류, 디저트로 구성되는데 예를 들면 북극해에서 잡힌 대구, 양고기 요리, 아이슬란드 전통 요구르트인 스키르skyr를 만든다. 셰프가 늘어놓는 아이슬란드 음식 이야기, 바다가 내려다보이는 2층 스튜디오의 전망, 수업 후 자신이 만든 요리를 근사하게 담아 먹는 식사시간 또한 쿠킹 클래스의 만족도를 높인다. 수업은 영어로 진행된다.

Salt Eldhús

주소 6F Skúlatún House,
Þórunnartún 2, 105 Reykjavík
연락처 +354 551 0171
홈페이지 www.salteldhus.is

③

근사한 레스토랑에서 저녁 식사

척박한 미식의 땅에도 주말 저녁, 멋을 내고 갈만한 레스토랑이 있다. 미식가에게 추천한다. **딜***Dill*은 미쉘린 가이드 암행평가단이 아이슬란드에 도착한다면 아마도 첫 번째로 방문할 레스토랑이다. 셰프 군나르 칼트 기스라손*Gunnar Karl Gíslason*은 덴마크의 유명 레스토랑에서 일한 뒤 자신의 고향인 아이슬란드에 뉴 노르딕 퀴진을 전파한 인물이다. 딜은 1960년대 후반 핀란드 국민 디자이너인 알바 알토*Albar Aalto*가 디자인한 레이캬비크의 랜드마크, 노르딕 하우스에 있으며 아이슬란드식으로 몇 개월간 소금에 절이고 건조한 대구, 아이슬란드가 고향인 양고기, 근처 농장에서 수급한 순무, 근처 언덕에서 채취한 허브 등 로컬 재료를 이용해서 현대적인 요리를 선보인다. 오래된 북유럽의 요리법을 부활시키고 고전적인 맛을 현대인의 입맛에 맞게 바꾸는 것, 그리고 로컬 생산자와 아이슬란드 전통에 헌사를 바치는 것이 셰프의 신념이다. 요리와 함께 셰프가 직접 만든 독주, 슈냅스를 곁들일 것을 권한다. 야생 백리향과 자작나무껍질로 만든 독주의 맛이 기가 막히다. 저녁 식사는 매주 달라지는 7가지 코스 요리가 제공된다.

마투르 오그 드리쿠르*Matur Og Drykkur*는 최근 레이캬비크 레스토랑 씬에 새롭게 등장한 다크호스다. 이곳의 셰프 기슬리 마티아스 에이둔손*Gísli Matthías Auðunsson*은 아이슬란드 남부 연안에 있는 베스트만나에이야르*Vestmannaeyjar* 제도에서 2012년부터 가족들과 레스토랑 슬리푸르린*Slippurinn*을 운영하다 수도로 진출했다. 그는 고향에서 전해 내려오는 고전적인 조리법을 21세기에 맞게 복원한 진귀한 요리들을 선보이는데, 다시마 육수에 조린 대구 머리, 홍합과 월계수를 넣고 끓인 넙치 수프, 으깬 뚱딴지와 감자를 곁들인 소꼬리 파이, 어린 양 통구이 등이 메뉴판에 등장한다.

Dill

주소 Hverfisgata 12, 101 Reykjavík
연락처 +354 552 1522
홈페이지 dillrestaurant.is
수-토 18:00-22:00

Matur Og Drykkur

주소 Grandagarður 2, 101 Reykjavík
연락처 +354 571 8877
홈페이지 maturogdrykkur.is
점심 월-토 11:30-15:00,
저녁 월-일 18:00-23:00

④

일요일 오후에 커피 한 잔

아이슬란드 사람들은 커피를 무척 좋아한다. 어느 정도냐면 아침에 눈을 뜨면서 잠이 들 때까지, 4~5잔은 족히 마신다. **모카 카피***Mokka Kaffi*는 레이캬비크에서 가장 오래된 카페다. 1958년에 오픈했다. 아이슬란드 최초로 에스프레소 머신을 도입해 아이슬란드인들에게 에스프레소, 카푸치노, 카페라떼를 소개한 역사적인 장소다. 처음 가게를 열었던 가족들이 계속 운영하는 덕분에 1950년대 분위기는 변함없이 유지되고 있다. 시내 한복판에 위치한 커피숍 문을 열면 붉은 카펫, 낮은 금색 조명, 가죽으로 된 소파와 스툴이 우리를 반긴다. 이곳엔 젊은 시절을 추억하는 어르신부터 젊은 예술가까지 모든 레이캬비크 주민들의 흔적이 남아있다. 와이파이는 없지만 옛 카페의 기능에 충실하게 커피를 마시고, 얘기를 나누고, 읽고 끄적이고 생각할 수 있는 공간이다. 아이슬란드 최초의 카페라떼만큼이나 와플이 유명하다. 지역 예술가들의 전시도 열린다.

레이캬비크 로스터*Reykjavík Roasters*는 레이캬비크 최고의 커피를 파는 카페다. 계절마다 신선한 커피콩을 수입해 직접 로스팅한 뒤 레이캬비크의 여러 카페에 공급한다. 매장에 방문하면 직접 핸드드립을 내린 커피를 맛볼 수 있다. 몇 자리 없는 간이테이블은 늘 동네 사람들로 가득 차 있으며 추천 메뉴는 크루아상과 라떼다.

카피 비닐*Kaffi Vinyl*은 온종일 좋은 음악이 울려 퍼지는 카페다. 카페 겸 바, 레코드 가게를 겸하고 있기 때문에 아침부터 늦은 밤까지 아무 때나 가볍게 들를 수 있다. 커피에 들어가는 우유 대신 두유, 아몬드 밀크 등 채식주의자를 위한 다양한 선택지가 있다는 것이 가장 큰 장점이다. 식사메뉴도 대부분 채식주의 메뉴인데 특히 구운 치즈 라자냐가 인기다. 저녁엔 라이브 음악과 DJ 공연이 때때로 열린다. 낮엔 커피에, 밤엔 와인과 아이슬란드 맥주에 취할 수 있는 분위기다. 관광객이 없는 카페를 찾는다면 다운타운에서 조금 벗어나 도시 서쪽에 있는 **카피후스 베스투르바이야르***Kaffihús Vesturbæjar*로 향할 것! 약국을 개조해 만든 비스트로 겸 카페는 동네 주민들이 제공한 빈티지 가구들로 가득 차 있다. 레이캬비크 로스터에서 공수한 훌륭한 커피에다 활기찬 분위기, 자연광이 들어오는 커다란 유리창, 친절한 서비스로 동네 주민들의 마음을 사로잡았다. 주말 점심, 친구들끼리 만나서 계절 수프나 천천히 조리한 양 정강이 살을 나눠 먹는 아이슬란드의 진짜 이웃을 만날 수 있는 곳이다.

Kaffi Vínyl

주소 Hverfisgata 76, 101 Reykjavík
연락처 +354 537 1332
홈페이지 www.facebook.com/kaffivinyl
월-금 10:00-23:00, 토-일 11:00-23:00

Mokka Kaffi

주소 Skólavörðustígur 3A, 101 Reykjavík
연락처 +354 552 1174
홈페이지 mokka.is
월-일 9:00-18:30

Reykjavík Roasters

주소 Kárastígur 1, 101 Reykjavík
홈페이지 reykjavikroasters.is
월-금 8:00-18:00, 토-일 9:00-17:00

Kaffihús Vesturbæjar

주소 Melhagi 20-22, 107 Reykjavík
연락처 +354 551 0623
홈페이지 kaffihusvesturbaejar.is
월-금 8:00-23:00, 토-일 9:00-23:00

⑤ 밤의 꽃, 바 호핑 *Bar Hopping*

아이슬란드의 바에선 지킬 것이 많지 않다. 특별한 이벤트가 있지 않은 한 입장료는 없고 특별한 드레스코드도 없다. 원한다면 고어텍스 재킷과 등산화를 신고도 대부분 술집에 들어갈 수 있다. 주 중엔 보통 새벽 1시경까지, 금~토요일엔 새벽 4시경까지 영업한다. 바*Bar*를 옮겨 다니며 아이슬란드의 밤을 즐기자.

카피바르린*Kaffibarinn*은 현지인부터 여행객까지 모두를 아우르는 술집이다. 레이캬비크에 사는 사람이라면 한 번쯤 이곳에서 맥주를 마시기 시작해 시내의 다른 술집을 헤매다 다시 여기로 돌아와 마지막 술잔을 기울인 적이 있을 것이다. 그만큼 현지인이 사랑하는 바이자 유구한 역사가 있는 곳. 맥주, 칵테일 등과 함께 아이슬란드 감초를 넣은 리큐어 오팔*Ópal*이나 아이슬란드 보드카인 레이캬*Reyka* 등 독특한 지역 술도 판매한다. 비흡연자라 할지라도 흡연구역에 꼭 한번 들러보길 바란다. 분명 아이슬란드에서 유명한 누군가나 아이슬란드를 방문한 유명한 누군가를 만날 수 있을 것이다.

마이크로바*Micro Bar*는 아이슬란드 전역에 있는 소규모 양조장의 크래프트 비어를 맛볼 수 있는 곳이다. 아이슬란드 로컬 맥주인 칼디*Kaldi* 생맥주로 목을 축인 뒤 25가지 로컬 맥주를 골라 마시는 재미가 있다. 그 외에도 페일 에일부터 임페리얼 스타우트까지 다양한 종류의 수입 맥주를 갖추고 있다. **브라보***Bravó*는 일렉트로닉 음악을 들으러 가기 좋은 곳이다. 밤이 깊어지면 DJ가 음악을 틀기 시작한다. 댄스플로어가 생기지 않는다고 실망하지 말 것. 진짜 좋은 음악, 편안한 분위기를 즐기러 오는 사람들을 위한 장소다.

Kaffibarinn

주소 Bergstaðastræti 1, 101 Reykjavík
연락처 +354 551 1588
홈페이지 www.kaffibarinn.is
월-목 15:00-01:00, 금-토 15:00-04:30
일 15:00-01:00

Bravó

주소 Laugavegur 22, 101 Reykjavík
연락처 +354 823 7892
월-목 18:30-01:00, 금-토 18:30-04:30

Micro Bar

주소 Vesturgata 2, 101 Reykjavík
연락처 +354 865 8389
월-목 15:00-24:00, 금-토 15:00-01:00,
일 15:00-24:00

⑥ 아이슬란드 디자이너 브랜드 쇼핑하기

아이슬란드인이 만든 옷을 구입한다는 건 그들의 기발한 아이디어와 재치, 미학이 담긴 작품을 소장한다는 의미다. **키오스크***Kiosk*는 6명의 아이슬란드 패션 디자이너가 함께 운영하는 숍이다. 6개의 브랜드 이글로*Eyglo*, 헬리콥터*Helicopter*, 힐두르 여오만*Hildur Yeoman*, 밀라 스노르라손*Milla Snorrason*, 키르야*kyrja*, 크리스티야나 S 윌리암스*Kristjana S Williams*의 신상 콜렉션을 만져보고 입어보고 구입할 수 있다. 더욱 좋은 건 6개의 브랜드 관계자가 직접 매장에 나와 있기 때문에 디자인의 의도나 시즌별 콘셉트에 대해서 자세히 물어볼 수 있다는 것이다. 고객과 디자이너가 만날 수 있는 만남의 장이자 유통과정 없이 자본이 곧장 디자이너에게 흘러들어 가는 직거래의 장인 셈.

게이시르*Geysir*는 아이슬란드 전역에 15개의 매장이 있는 꽤 큰 로컬 브랜드다. 무릎까지 오는 힙스터 울 양말, 해군 더플코트처럼 두꺼운 가디건, 턱수염까지 가려주는 방한모 등 아이슬란드 양털로 제작하는 자체 상품과 세계 여러 나라에서 선별해서 수입한 가방, 신발, 향초 등 헤리티지에 영향을 받은 라이프스타일 제품을 판매한다. 레이캬비크 매장은 관광객들이 가장 자주 지나다니는 길에 있는데 침몰선의 나무를 활용해 꾸민 매장 인테리어를 보면 안으로 들어가지 않을 수 없다. 6,000ISK 이상 구매 시 잊지 말고 면세 혜택을 챙길 것!

Kiosk

주소 Ingólfsstræti 6, 101 Reykjavík
연락처 +354 571 3636
홈페이지 kioskreykjavik.com
월-금 11:00-18:00, 토 11:00-17:00

Geysir

주소 Skólavörðustígur 16, 101 Reykjavík
연락처 +354 519 6000
홈페이지 geysir.com
월-토 10:00-19:00, 일 11:00-18:00

⑦

갤러리의 고향에서 그림 감상하기

레이캬비크는 작은 갤러리들의 고향이다. 아티스트가 직접 운영하는 장소부터 상업적인 공간까지, 꾸준히 새로운 갤러리가 생겨나고 또 사라진다. **i8**은 이 도시에서 가장 유명한 사설 갤러리다. 다양한 장르의 현대미술 작가들을 조명하면서도 실험적이면서 위트 있는, 자신들만의 정체성을 꾸준히 이어가고 있다. 아트 바젤, 아모리 쇼 등 국제적인 아트 페어에 참여하면서 국제적인 명성도 얻고 있다. 아이슬란드 출신의 퍼포먼스 아티스트 라그나르 키야르탄손*Ragnar Kjartansson*과 독일 개념미술작가인 카린 샌더*Karin Sander*가 이 갤러리를 거쳐 갔다. 또한 **레이캬비크 아트 뮤지엄***Reykjavík Art Museum*은 시립현대미술관으로 레이캬비크에 세 군데 분관이 있다. 그중 하프나르후스*Hafnarhús*관이 시내에 있어 가장 접근성이 좋다. 옛 부두에 있는 창고를 개조해 만들었으며 6개의 갤러리에서 아이슬란드 현대미술에 한 획을 그은 굵직한 작가들의 작품을 만날 수 있다. 미술관은 아티스트 토크, 시 낭독회, 록 콘서트 등 다양한 문화행사의 호스트를 맡기도 한다.

i8

주소 Tryggvagata 16, 101 Reykjavík
연락처 +354 551 3666
홈페이지 i8.is
화-금 11:00-17:00, 토 13:00-17:00

Reykjavík Art Museum -Hafnarhús

주소 Tryggvagata 17, 101 Reykjavík
연락처 +354 411 6410
홈페이지 artmuseum.is
월-수, 금-일 10:00-17:00, 목 10:00-20:00

⑧ 플리마켓에서 잡동사니 쇼핑하기

콜라포르티드 플리마켓*Kolaportið Flea Market*은 매주 주말, 항구 근처 커다란 창고에서 열리는 플리마켓이다. 레이캬비크 유일의 상설시장이자 가장 큰 규모의 마켓에는 매주 모피나 운동화 등을 파는 장사꾼부터 집 안 창고에 있던 물건을 한 보따리 들고 나온 할머니까지 다양한 판매자들이 모여든다. 빈티지 의류, 헌 책, 먼지 앉은 DVD, 장식품, 앤티크, 장난감, 울로 만든 제품 등에 아이슬란드 사람들의 진짜 삶이 묻어있으니 찬찬히 살펴볼 것. 현금만 받는데 유로로 계산하고 아이슬란드 지폐로 거슬러 받을 수도 있다.

Kolaportið Flea Market

주소 Tryggvagata 19, 101 Reykjavík
홈페이지 www.kolaportid.is
토-일 11:00-17:00

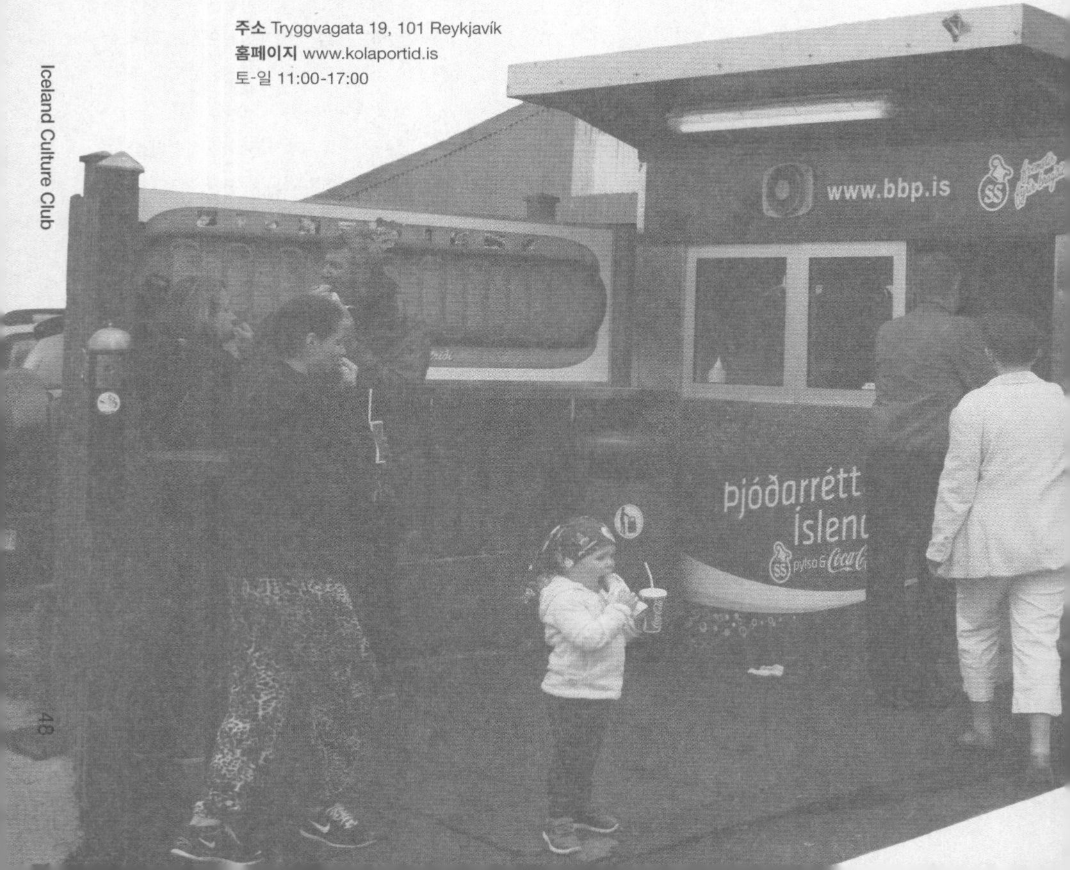

⑨

아이슬란드가 사랑하는 핫도그 맛보기

바이야린스 베스투 필수르*Bæjarins beztu pylsur*는 아이슬란드에서 가장 유명한 식당이자 가장 맛있는 핫도그를 판매하는 곳이다. 줄여서 BBP라고 부른다. 1937년부터 영업을 시작해 지금은 레이캬비크의 6군데 지점을 운영하고 있다. 가장 붐비는 곳은 바로 콜라포르티드 플리마켓 옆에 있는 매장이다. 옛 항구에서 길게 늘어선 줄이 보이면 핫도그 가게가 지척이란 뜻이다. 2006년 영국의 신문사 <가디언>에서 '유럽에서 가장 맛있는 핫도그 가게'로 꼽았고 미국 전 대통령 빌 클린턴과 헤비메탈 밴드 메탈리카의 보컬 제임스 헷필드도 이 핫도그를 먹고 갔다.

Bæjarins beztu pylsur

주소 Tryggvagata 1, 101 Reykjavík
연락처 +354 511 1566
홈페이지 www.bbp.is
일-목 10:00-01:00, 금-토 10:00-04:30

** 영업시간은 시시때때로 바뀌니 방문 전 홈페이지 또는, 페이스북을 확인하길 바란다.

레이캬비크에서 머물고 싶은 숙소

Kex Hostel
켁스 호스텔

포틀랜드에 에이스 호텔이 있다면 레이캬비크엔 켁스 호스텔이 있다. 버려진 비스킷 공장에 들어선 호스텔로, 켁스*Kex*가 아이슬란드어로 비스킷이란 뜻이다. 각종 공연과 문화행사들을 주최하며 지역 아티스트와 힙스터를 한데 모으는 역할을 하고 있고 해가 어스름해질 때쯤 사이문두르 가스트로 펍*Sæmundur gastro pub*에 앉아있으면 아이슬란드에서 제일 잘 노는 젊은이들을 구경할 수 있다. 날씨 좋은 날엔 팍사플로이*Faxaflói bay*와 에스야*Esja*를 바라보며 식사를 하거나 차를 마실 수 있는 것 또한 장점. 도미토리와 단독 객실이 공존한다.

주소 Skúlagata 28, 101 Reykjavík
연락처 +354 561 6060
홈페이지 www.kexhostel.is

101 Hotel
101 호텔

모던한 디자인과 좀 더 공손한 서비스를 원한다면 이곳으로! 파슨스 디자인 스쿨을 졸업한 아이슬란드 디자이너가 1930년대 오피스빌딩을 멋진 호텔로 변신시켰다. 모던한 인테리어와 로컬 아티스트의 작품, 가구 디자이너 에에로 사리넨*Eero Saarinen*과 필립 스탁*Philippe Starck*의 진품 가구가 어우러지는 곳. 세계 디자인 호텔의 대표적인 플랫폼인 디자인 호텔스(www.designhotels.com)의 멤버다.

주소 Hverfisgata 10, 101 Reykjavík
연락처 +354 580 0101
홈페이지 101hotel.is

Grettisborg Apartments
그레티스보르그 아파트먼트

로컬 프로덕트 디자이너들이 자신의 손으로 꾸민 아파트먼트를 대여한다. 총 6개의 아파트먼트가 있으며 작은 아파트는 어른 4명, 큰 아파트는 6명까지 머물 수 있다. 쇼핑의 거리 뢰이가베구르*Laugavegur*의 샛길에 있어 레스토랑이 가깝고 나이트라이프를 즐기기에도 최적이다. 반면 아파트먼트 안뜰부터는 아늑하고 조용한 아이슬란드인들의 일상 공간으로 초대된다. 무료 인터넷, 위성 TV, 각종 주방 기구를 갖춘 부엌, 세탁기, 다리미 등 생활에 필요한 모든 물건을 갖춰 놓았다. 요청 시 아기 침대도 이용할 수 있다.

주소 Grettisgata 51, 101 Reykjavík
연락처 +354 666 0655
홈페이지 www.grettisborg.is

Ion Luxury Adventure Hotel
아이온 럭셔리 어드벤처 호텔

레이캬비크 다운타운에서 차로 50분 정도 거리에 있지만 도심에서 벗어나 이끼 위에서 하룻밤을 보내고 싶다면 이곳을 추천한다. 싱벨리어*Þingvellir* 호수 근교, 마을과 떨어져 화산지형 위에 홀연히 떠 있는 듯한 건물이 바로 아이온 럭셔리 어드벤처 호텔. 객실에서 눈을 뜨자마자 전면 유리창으로 황홀한 허허벌판이 눈에 들어오며 1층 라운지는 따뜻한 실내에서 맥주를 마시면서 오로라를 감상할 수 있는 명당이다. 설원 위에 펼쳐진 라바 스파에 몸을 담그고 망중한을 즐기는 것도 잊지 말 것.

주소 Nesjavellir, 801 Selfoss
연락처 +354 482 3415
홈페이지 ioniceland.is

3 태양이 지지 않는 댄스플로어

하루도 거르지 않고 찾아오는 백야. 아이슬란드에 온 이후로 눈 떠서 잠이 들 때까지 해가 진 적이 없다. 하얗고 긴 밤은 우울하고 이상한 감정을 북돋는다. 고속열차를 타고 낮과 밤, 하늘과 땅, 대지와 바다의 경계가 없는 무중력의 공간을 기약 없이 달리는 기분. 그런 날이 5월부터 8월까지 계속된다. 양력으로 6월 21일경, 밤이 가장 짧은 하지점에 우리는 아이슬란드 하늘 아래 있었다. 모두가 잠든 사이, 레이캬비크에서는 하짓날 새벽 2시에 진 해가 40분 후에 다시 떠올랐다고 한다. 아이슬란드의 전설대로 말하는 암소와 사람이 된 바다표범, 지하세계에서 선물 보따리를 들고 사람을 꾀고 다니는 엘프가 우리 집 거실까지 다녀갔는지는 확인하지 못했다. 암막 커튼이란 도구를 얻은 인간은 하지점에 생명이 날뛰는지도 모르고 곯아떨어졌기 때문이다.

6.21 ——— 6.22
REYKJAVÍK

한여름 밤 아이슬란드에서는 백야 한가운데로 걸어 들어가는 이들이 있다. 잠귀가 밝고 예민한 일부 아이슬란드 사람들은 잠들지 못할 바에야 신나게 놀자고 작정한 모양이다. 누군가는 하이킹에 나서고 누군가는 밤새 말을 타고 누군가는 춤을 춘다. 레이캬비크의 한 귀퉁이에선 매년 6월 하지가 있는 주 3일간 72시간 논스톱으로 진행되는 뮤직 페스티벌이 펼쳐진다. 시크릿 솔스티스Secret Solstice 페스티벌은 '비밀스러운 하지점'이란 뜻. 자연 과학책 제목으로 어울릴 법한 이름이다.

> "원래 레이캬비크의 라이브 클럽에서 밴드 공연을 돕는 일을 했어요. 백야 땐 관객들이 공연이 끝난 후 새벽 2시가 되어도 집에 갈 생각을 않고 길거리를 헤매더라고요."

페스티벌을 기획한 프레드는 영국의 한 신문사와의 인터뷰에서 아이슬란드인들이 품고 있는 한여름 밤의 광기를 밝힌 바 있다.

> "24시간 해가 떠 있다는 걸 실제로 목격할 수 있는 페스티벌은 왜 없을까요?"

새로운 페스티벌은 그렇게 탄생했다. 미리 페스티벌이 열린다는 사실을 알게 된 우리는 본격적인 아이슬란드 일주 여행을 떠나기 전 레이캬비크에서 머물면서 첫 번째로 개최되는 '시크릿 솔스티스 2014'에 참여할 계획을 세웠다. 모두가 기대하고 있는 파티를 그냥 지나칠 수야 없었다. 11월에 열리는 레이캬비크의 큰 음악 축제, 아이슬란드 에어웨이브가 SWSX처럼 시내 클럽에서 열린다면 시크릿 솔스티스는 글래스턴베리처럼 노천에서 펼쳐졌다. 우리는 느지막이 늦잠을 자고 일어나 시내구경을 한 뒤 헤드라이너가 등장할 때쯤 무대로 달려갔다. 마음 같아선 페스티벌 부지에 마련된 캠핑장에서 머물며 댄스에 대한 열정을 좀 더 불사르고 싶었지만 남은 일정을 위해 에너지를 비축해 두기로 했다.

페스티벌이 열리는 뢰이가르달루르Laugardalur 지역으로 가는 길. 목적지가 점점 가까워지고 있다는 건 힙스터의 인구밀도를 보면 알 수 있었다. 어느 순간 손에 들고 있던 구글 지도도 껐다. 모두 한 방향으로 걷고 있기 때문이다. 형광으로 염색한 머리카락에 피어싱을 주렁주렁 매달고 옷장에서 아빠가 제일 싫어하는 옷을 꺼내 입은 젊은이들이 한 곳으로 몰려들고 있다. 페스티벌 사이트에는 천 년 전에 바다를 건너온 바이킹 직계후손들의 정체성을 증명하려는 건지 분홍색 리본에 질식당하기 직전인 나무, 해먹을 풀밭에다 가져다 놓았다. 무대에 바이킹 모자를 쓰고 털 옷을 두른 뮤지션이 올라 해괴한 퍼포먼스를 벌여도 놀라지 않을 풍경이었다. 첫 번째로 열리는 페스티벌인 만큼 몹시 어수선했지만 다른 관객들은 벌써 페스티벌이 체화된 듯 히피처럼 널브러져 있었다. 해먹에 잠시 누워있었더니 아이슬란드 꾸러기들이 다가와 해먹을 흔들고 도망간다.

아이슬란드의 모든 뮤지션이 비요크Björk나 시규어 로스처럼 불가사의한 사운드를 만든다고 생각한다면 큰 착각이다. EBS국제다큐영화제에서 상영된 다큐멘터리 <천 개의 레이블:아이슬란드 팝 기행>의 도입부에서 아이슬란드 뮤지션인 올라퍼 아르날즈Ólafur Arnalds는 그런 선입견에 대해 불쾌한 심경을 감추지 않았다. 그는 "주로 화산, 온천, 오로라에서 음악적 영감을 받나요?"라는 질문에 "헛소리 좀 그만해요!"라고 대답했다. 실제로 아이슬란드 뮤직 씬에는 헤비메탈부터 펑크까지 다양한 장르의 음악이 뿌리내리고 있는데 요즘은 울푸르 울푸르Úlfur Úlfur, 스투를라 아틀라스Sturla Atlas 등 흥미로운 힙합 팀이 이목을 끌고 있다는 소문. 혹시 관심이 있다면 유튜브에서 울푸르 울푸르의 '100.000'이라는 노래의 뮤직비디오를 찾아보길 바란다. 작은 어촌마을에서 팔굽혀펴기하고 노를 저으며 아이슬란드어로 랩을 하는 젊은이들을 만날 수 있다.

Location: REYKJAVÍK / Day: 6.21 —— 6.22

다시 페스티벌의 현장으로 돌아와서, 말을 알아들을 수 없는 아이슬란드 밴드의 공연이 끝없이 이어졌다. 디스클로저Disclosure, 칼 크레이그Carl Craig, 케리 챈들러Kerri Chandler 등 전 세계에서 온 뮤지션들과 구스 구스Gus Gus, 뭄Mum 등 아이슬란드 로컬 뮤지션들이 한여름 밤 축제의 주인공이었다. 사이사이 우리가 알만한 매시브 어택Massive Attack 같은 유명 밴드들이 얼굴을 비쳤다. 모두 함께 뛰고 노는데 문득 뒤를 돌아보니 아이슬란드에서 제일 잘 노는 애들이 오늘 밤 여기에 다 모였다. 3살쯤 돼 보이는 꼬맹이를 목말 태운 힙스터 아버지도 눈에 띄었다.

일요일의 헤드라이너인 스쿨보이 큐ScHoolboy Q의 무대는 자정이 넘도록 이어졌다. 새벽 1시, 스쿨보이 큐가 펄쩍펄쩍 뛰어다니는 무대 뒤로 거북이걸음 뺨치도록 천천히 하늘이 붉어졌다. 어찌나 늦장을 부리는지 노을은 그의 무대가 끝나도록 사라지지 않았다. 그러다 다시 동그란 해가 빼꼼히 고개를 내밀었고 밤새도록 DJ들이 번갈아가며 음악을 트는 댄스플로어에도 자연광이 계속해서 번쩍였다. 쿵쿵 가슴을 울리는 비트를 뒤로하고 집에 가는 길 언덕을 세 번이나 넘는 동안에도 하얀 밤이 거리를 비췄다. 여기도 뭐 댄스플로어라 치자. 덩실덩실 어깨춤을 추며 언덕을 넘었다. 이튿날 신문기사엔 그해 처음으로 열린 뮤직 페스티벌에서 신나게 놀다간 비요크의 얼굴이 실렸다.

Location: REYKJAVÍK / Day: 6.21 —— 6.22

Location: REYKJAVÍK / Day: 6.21 —— 6.22

레이캬비크의 뮤직 페스티벌

Reykjavík Music Festival

Iceland Airwave

아이슬란드 에어웨이브

축제 기간 매년 11월 첫째 주, 5일간.

장소 레이캬비크 다운타운에 있는 실내의 라이브 클럽. 2015년의 경우 170여 개의 밴드가 공식 쇼케이스를 열었다. 시내의 서점, 이발소, 커피숍 등에서도 비공식 공연이 아침부터 밤까지 이어진다.

첫 번째 페스티벌 1999년 레이캬비크의 비행기 격납고에서 단발성 이벤트로 시작했다.

페스티벌의 명성 음악 전문지 「롤링스톤즈」와 「피치포크」 기자를 포함해 수백 명의 음악평론가와 음반사 관계자들이 참여하는 세계적인 페스티벌이 되었다. 페스티벌 측에선 '세계에서 가장 쿨한 라인업'이라고 자평하며 아이슬란드 밴드 음악을 전 세계로 퍼뜨리고 있다.

페스티벌을 거쳐 간 뮤지션 비요크, 시규어 로스 등 대표적인 아이슬란드 뮤지션은 물론 오노 요코, 우리나라에도 내한했던 크리스탈 캐슬, 플레이밍 립스, 미국 일렉트로니카 전문 레이블인 ESL의 대표 뮤지션인 씨버리 코퍼레이션, 당대 빅 비트 최고의 뮤지션이자 DJ 팻보이 슬림 등이 무대에 올랐다.

특이사항 20세 이상 참여 가능하다. 클럽에서 술을 팔기 때문.

참가자를 위한 팁 정말 놓치고 싶지 않은 공연이라면 2시간 전에 클럽 앞에 줄을 설 것. 이미 밴드가 무대에 오른 뒤엔 공연장 밖에 줄이 얼마나 늘어설지 모를 일이다.

추천하고 싶은 사람 새롭고 신선한 음악을 듣고 싶은 사람. 그리고 다양한 장르의 아이슬란드 음악을 접하고 싶은 사람.

더 자세한 정보 icelandairwaves.is

Secret Solstice
시크릿 솔스티스

축제 기간	매년 6월, 레이캬비크에서 해가 가장 긴 3일간.
장소	레이캬비크 다운타운에서 걸어갈 수 있는 거리에 있는 널찍한 잔디밭.
첫 번째 페스티벌	2014년 처음 시작된 신생 페스티벌. '해가 지지 않는 백야에 72시간 동안 쉬지 않고 음악을 즐긴다'는 콘셉트로 등장했다. 아이슬란드 최초의 국제적인 야외 뮤직 페스티벌.
참여할 만한 이유	레이캬비크의 하지점엔 해가 새벽 2시에 황혼과 함께 지고 40분 후에 다시 떠오른다. 태양이 3일 밤낮으로 댄스플로어를 비추기 때문에 잠들지 않고 춤추며 놀기에 최적의 조건이다. 이런 독특한 경험 때문에 아이슬란드 뮤직 씬은 물론 유럽 언론에서도 관심을 가지고 지켜보고 있다.
페스티벌을 거쳐 간 뮤지션	2014년에는 매시브 어택, 스쿨보이 큐, 2015년에는 우탱 클랜, 2016년에는 라디오헤드가 헤드라이너로 무대에 섰다. 그 외에 댄스 뮤직 위주의 DJ와 밴드가 참여한다.
참가자를 위한 팁	거대한 부지에 설치된 무대를 이리저리 옮겨 다니며 몸을 흔드는 게 지겹다면 한 손에 맥주를 들고 간이 노천탕에서 페스티벌을 즐길 수 있는 '바이킹 비어 핫 텁'을 이용할 것.
특이사항	페스티벌이 열리는 장소 바로 옆에 아이슬란드에서 가장 큰 온천수 수영장과 식물원, 동물원이 있다.
추천하고 싶은 사람	밤새도록 춤추고 싶은 페스티벌 마니아. 히피 스타일로 꾸민 풀밭에 누워서 음악을 즐기고 싶은 자.
더 자세한 정보	secretsolstice.is

페스티벌 기간이 아닐 때 레이캬비크를 방문했다면

레코드숍에서 나만의 밴드, 나만의 셋 리스트를 발견할 것. **12 토나르***12 Tónar*는 1998년에 생긴 유서 깊은 레코드숍으로, 그간 비요크, 시규어 로스, 뭄 등 이름만 대면 알만한 아이슬란드 뮤지션이 다녀갔으며 클래식 음악 애호가들과 작곡가들도 자주 들르는 곳이다. 레코드숍에서는 바이닐과 CD를 구입할 뿐 아니라 무료 에스프레소와 티를 즐기고 음악잡지를 뒤적이면서 음반을 미리 들어볼 수 있다. 가장 흥미로운 섹션은 집에서 녹음한 홈메이드 레코딩을 판매하는 공간이다. 인디 밴드들이 맡기고 간 CD를 뒤지다 보물을 발견할지도 모른다. 비정기적으로 레코드숍 내에서 소규모 공연을 주최하고 독립 레코드 레이블을 운영하며 아이슬란드의 신진 뮤지션을 발굴하고 있다.

럭키 레코드*Lucky Records*는 레이캬비크에서 가장 큰 규모의 레코드 가게다. 재즈, 소울, 펑크, 아프로비트, 일렉트로닉, 록 등 4만 가지 이상의 음반을 보유하고 있으며 중고 음반도 취급한다. 매장에는 항상 빈티지 주크박스의 펑키 트랙이 흘러나온다. **레이캬비크 레코드숍***Reykjavík Record Shop*은 최근 새로 오픈해 빠르게 단골을 늘려가고 있는 레코드숍이다. 작지만 엄선된 품질의 음반이 진열되어 있다. 레이캬비크 DJ들의 퍼스널 쇼퍼도 겸하고 있는 주인의 취향은 믿고 들어도 좋다. 진열대의 회전율이 높아 갈 때마다 새로운 음반을 발견할 수 있다.

12 Tónar

주소 Skolavörðustígur 15, 101 Reykjavík
연락처 +354 511 5656
홈페이지 www.12tonar.is
월-토 10:00-18:00, 일 12:00-18:00

Lucky Records

주소 Rauðarárstígur 10, 105 Reykjavík
연락처 +354 551 1195
홈페이지 luckyrecords.is
월-금 09:00-19:00, 토-일 11:00-17:00

Reykjavík Record Shop

주소 Klapparstígur 35, 101 Reykjavík
연락처 +354 561 2299
홈페이지 facebook.com/reykjavikrecordshop
월-금 11:00-18:00, 토 13:00-18:00

4 골든 써클에 그린 삼각형

네 번째 날이다. 아이슬란드에서 생활하는 게 익숙해지고 있다. 아침에 일어나서 암막 커튼을 젖히며 수동으로 아침 해를 맞이한다. 그리곤 식빵을 토스터에 집어넣고 커피를 내린다. 이제 에바네 집도 내 집처럼 편하다. 시차도 극복했다. 직업만 구하면 아이슬란드에서도 잘 살 수 있을 것 같다. 아이슬란드 대학엔 학비도 없다는데 트롤연구학자나 이끼채집학자가 되는 건 어떨까? 낮에는 일하고 밤에는 밴드 연습을 하는 거다. 단 한 가지 마음에 걸리는 건 여름에 외출할 때 사계절 옷을 준비해야 한다는 거다. 아이슬란드 날씨는 15분에 한 번씩 바뀌는데 그 변덕스러움을 종잡을 수 없다. 해가 쨍한 날 반소매를 입고 나가서는 보슬비를 뿌릴 때 맨투맨을 걸치고 비바람이 몰아치면 파카까지 꺼내야 하는 지경이 된다. 그런 일이 매일 반복되다 보면 날씨라는 게 무척 거추장스러워진다.

6.23
GOLDEN CIRCLE

오늘부터는 렌터카를 옷장처럼 사용할 수 있으니 그나마 다행이다. 뒷좌석에 탄 사람은 옷가지에 묻혀서 가야 하지만 말이다. 로드 넘버 35, 고속도로를 타고 레이캬비크를 벗어났다. 아이슬란드를 여행하는 사람들이 지나는 두 개의 원이 있다. 작은 원인 골든 써클, 큰 원인 링로드. 골든 써클Golden Circle은 레이캬비크로부터 100km, 차로 2시간 정도 떨어진 곳에 있는 관광지를 둥근 원안에 묶은 것, 링로드는 아이슬란드 전체를 크게 돌아 해안가를 잇는 1번 국도를 이른다. 레이캬비크 근교에 있는 골든 써클에는 아이슬란드의 대표적인 관광지인 싱벨리어 국립공원Þingvellir National Park, 게이시르Geysir, 굴포스Gullfoss가 모여 있다. 휴가를 일주일 이상 내기 어려운 사람이라면 레이캬비크에 머물며 골든 써클을 둘러보는 것만으로도 아이슬란드의 자연에 파묻힐 수 있다. 하루 정도면 아이슬란드의 자연을 쓱 훑어보고 SNS에 올려 친구들에게 자랑하기에 충분하다.

FYRIR PREDIKUN

싱벨리어 국립공원은 아이슬란드인들에게 특별한 의미가 있다. 세계 최초 의회는 아이슬란드로 건너온 바이킹에 의해 미대륙판과 유라시안 대륙판이 만나는 이곳, 싱벨리어에서 개최되었다. 조상님이 DNA에 새겨놓은 민주주의의 경험 때문인지 최근의 아이슬란드 의회도 급진적이다. 아이슬란드는 21세기에 지구에서 직접 민주주의를 실현하는 유일한 나라다. 2008년 금융위기로 경제가 파탄 난 아이슬란드는 2011년 헌법 개정이 논의되었는데 이때 페이스북과 트위터에 댓글을 달거나 토론에 참여하는 방식으로 개인이 헌법 개정에 참여할 수 있게 했다-후에 여행하면서 알게 된 사실인데 아이슬란드는 시골 구석구석까지 인터넷 선이 들어오고 천 원 미만의 물건을 사고 카드를 내밀어도 욕먹지 않는 무선통신의 유토피아다-.

싱벨리어 입구에서부터 자연은 사람을 압도했다. 10m는 거뜬히 넘는 웅장한 자연석 사이로 난 좁은 길로 들어서니 호빗이 된 듯한 심정이었다. 어딘가에서 들려오는 노랫소리를 따라 무채색 돌무더기를 지나고 언덕 아래로 햇빛에 반짝이는 호수와 우거진 수풀을 건너 작은 교회에 다다랐다. 교회 안에는 낯선 이방인을 보고도 전혀 당황하지 않는 5명의 합창단이 있었다. 주황색 스타킹을 신은 여인은 쉼 없이 노래를 불러 질문할 틈을 주지 않았다. 노래가 멈추지 않아 다행인지도 모른다.

'왜 여기에 있나요? 정체를 드러내세요.'

라고 했다가 트롤의 전설처럼 교회의 천장을 무너뜨리고 거대한 바위로 변하면 어찌할 뻔했나. 노랫소리를 따라 영험한 기운이 퍼지는 것 같았다. 그리곤 아름다움에 탄복하다가 지치는 이곳에서 나고 자라면 이웃의 죄도 사할 수 있는 착한 사람이 될 것 같다는 터무니없는 예감이 들었다. 나무와 작은 관목, 잔디가 반복되는 풍경이 어디선가 본 듯하지만 오랫동안 머물고 싶은 곳. 가가멜 없는 스머프 마을이 이런 모습이었을 것이다. 2004년 유네스코 세계문화유산으로 지정되어 지금은 사람이 살지 않지만, 국가의 중요 행사가 때로 싱벨리어에서 열린다.

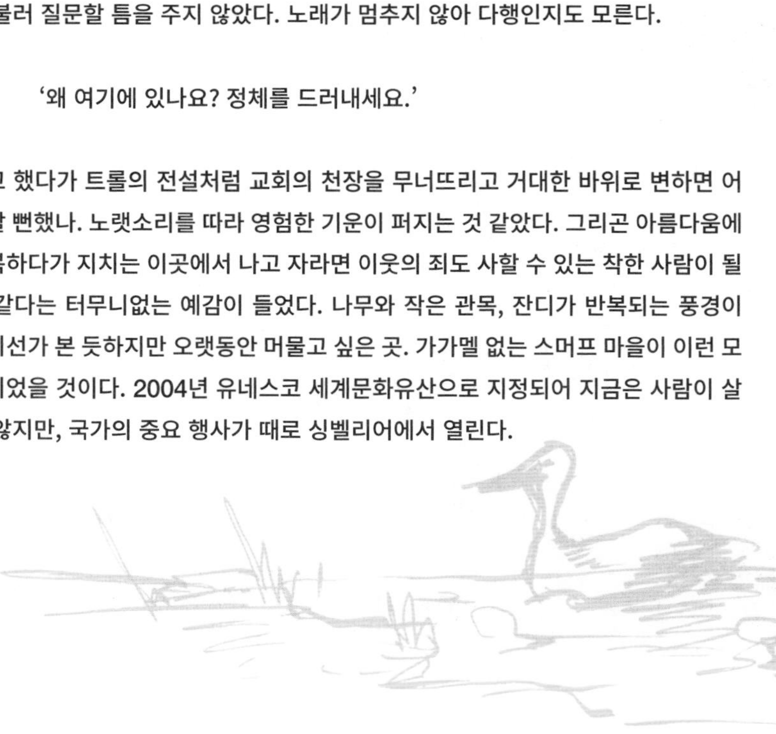

골든 써클의 다음 코스는 게이시르였다. 팬 곳을 따라 흐르는 지하수가 80~100도를 넘나드니 손을 담그지 말라는 경고문이 눈에 띄었다.

> "따뜻한지 만져볼까요? 겁먹으라고 경고문 붙여놓은 걸 수도 있잖아요."
> "김 펄펄 올라오는 거 안 보이냐?"

시답잖은 이야기를 나누며 게이시르로 향하는 길목에는 예상치 못한 게 툭 튀어나올 것 같은 긴장감이 느껴졌다. 관광엽서에 그려져 있던 것을 실제로 본다는 설렘과 뒤돌아 나오는 사람들의 표정에서 읽을 수 있는 경이로움이 뒤섞여 있는 길. 과연 이 길 끝엔 무엇이 있을까? 저 멀리서 물기둥이 솟았다. 순간 5층 건물을 훌쩍 뛰어넘을 만큼 높이 솟은 물기둥은 잠시 사람들의 정수리를 내려다보더니 다시 땅 밑으로 사라졌다.

"우와, 봤어요?"

설인이나 전설의 괴물을 실제로 본 것처럼 눈이 커졌다. 혼자 있었다면 믿지 않았을 광경. 5~10분에 한 번씩 폭발하며 힘이 센 녀석은 한 번에 80m까지 치솟았다. 거대한 물구덩이 둘레에 사람들이 빙 둘러서 녀석을 기다리고 있었다. 웅덩이에 고인 물의 표면이 파르르 떨리고 수표면의 얇은 장막을 주먹으로 쑥 들어 올린 듯 둥근 돔이 생긴 뒤 더는 못 참겠다는 듯 터져 나온다. "오 마이갓!" 관광객들의 환성과 함께. 바람이 갑자기 방향을 바꿔 의도치 않게 샤워를 하게 됐다.

축축한 소맷자락을 붙잡고 다음 샤워장으로 이동했다. 이번엔 폭포다. 아이슬란드에서 가장 큰 폭포, 굴포스가 기다리고 있었다. 이 섬에 있는 생명 중 가장 큰 목소리로 포효하는 폭포는 32m 아래로 엄청난 양의 물을 흘려보냈다. 거대한 폭포에서 나오는 생명의 에너지가 위협적이어서 뒷걸음칠 정도다. 폭포에서 튀어 나온 물방울이 어찌나 멀리까지 닿는지 폭포 쪽으로 걸어가는 길에 옷깃이 다 젖었다. 굴포스는 '황금 폭포'라는 뜻. 맑은 날 황금색으로 빛난다고 하는데 흐린 날씨 탓에 시끄러운 우르르 쾅쾅 소리만 실컷 감상하게 됐다. 굴포스가 제 모습을 온전히 보전할 수 있었던 데는 땅 주인인 토마스 토마손Tómas Tómasson의 딸, 시그리두르 토마스도티르Sigríður Tómasdóttir의 노고가 컸다. 1920년대 외국인 투자팀은 수력발전을 위해 이곳에 댐을 만들려고 했고 땅 주인이 반대하자 정부에 직접 허가를 획득했다. 그러자 시그리두르는 굴포스에서 레이캬비크까지 맨발로 걸어가서, 만약 개발한다면 폭포수에 뛰어들겠다고 위협했다. 다행히 정부와 투자자들의 계약이 파기되었고 굴포스는 1975년에 정부에 기증되어 공식적으로 보호받고 있다. 굴포스로 들어가는 입구에 '우리는 친구를 팔지 않아요'라고 쓰인 표지판에 얽힌 사연은 그러하다.

집에 돌아가는 길, 정신이 혼미했다. 충격적인 장면을 3곳에서 목격했기 때문이다. 차 안에선 긴급투표가 진행됐다.

"뭐가 제일 좋았어요?"

굴포스가 3인의 투표 참가자 중 2표를 얻어 승리했다.

"대단했어."
"어마어마했지."
"폭포에서 떨어지는 물을 비처럼 맞으면서 가까이 간 보람이 있었지 암."

충격과 공포에 감탄사 외에 다른 말을 잊어버린 네 번째 날이었다.

5 1인 1폭포의 나라

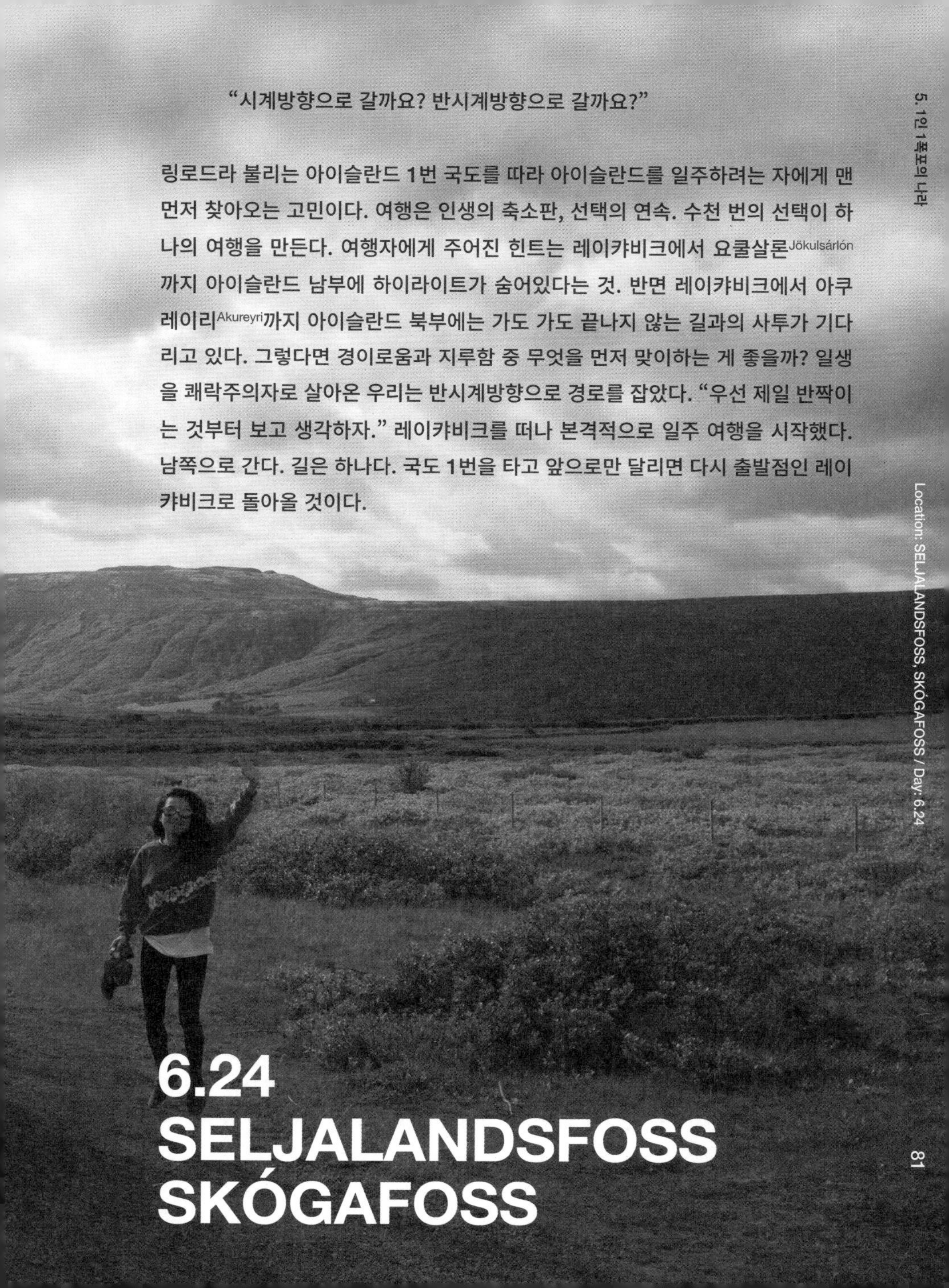

"시계방향으로 갈까요? 반시계방향으로 갈까요?"

링로드라 불리는 아이슬란드 1번 국도를 따라 아이슬란드를 일주하려는 자에게 맨 먼저 찾아오는 고민이다. 여행은 인생의 축소판, 선택의 연속. 수천 번의 선택이 하나의 여행을 만든다. 여행자에게 주어진 힌트는 레이캬비크에서 요쿨살론Jökulsárlón까지 아이슬란드 남부에 하이라이트가 숨어있다는 것. 반면 레이캬비크에서 아쿠레이리Akureyri까지 아이슬란드 북부에는 가도 가도 끝나지 않는 길과의 사투가 기다리고 있다. 그렇다면 경이로움과 지루함 중 무엇을 먼저 맞이하는 게 좋을까? 일생을 쾌락주의자로 살아온 우리는 반시계방향으로 경로를 잡았다. "우선 제일 반짝이는 것부터 보고 생각하자." 레이캬비크를 떠나 본격적으로 일주 여행을 시작했다. 남쪽으로 간다. 길은 하나다. 국도 1번을 타고 앞으로만 달리면 다시 출발점인 레이캬비크로 돌아올 것이다.

6.24
SELJALANDSFOSS
SKÓGAFOSS

여행자에게 두 번째로 닥치는 문제는 '아이슬란드에 존재하는 셀 수 없이 많은 폭포 중 어떤 것을 구경하고, 어떤 것을 건너뛸 것인가?'를 결정하는 것이다. 어쩌면 1번 국도라는 것은 폭포와 폭포 사이를 잇는 길일지 모른다. 수많은 폭포 중 이름이 있는 것은 극히 일부, 매년 새로운 폭포가 발견되곤 한다-2014년에서야 아이슬란드에서 가장 높은 폭포가 새로 발견되었다고 한다. 높이가 228m로 그동안 가장 큰 줄 알았던 글리무르Glymur보다 30m나 높다-. 잦은 비와 눈을 흩뿌리는 북대서양 기후와 여름엔 강의 일부가 되는 빙하가 이토록 많은 폭포를 잉태한 까닭이다. 아이슬란드를 둘러싸고 있는 거대한 물줄기는 때로는 온천수가 되어 치솟고, 강이 되어 흐르고, 빙하가 되어 단단해지고, 폭포가 되어 절벽을 타고 내려온다. 레이캬비크를 떠나 첫 번째 숙소까지 찾아가는 길에도 수많은 폭포가 있는데 그중 이름난 것은 둘이었다. 우선 셀리야란스포스Seljalandsfoss를 향해 갔다.

도시에서 멀어지자 아이슬란드는 본 모습을 드러냈다. 이끼와 돌이 끊임없이 펼쳐져 있는 풍경. 높은 산이나 우뚝 솟은 나무 같은 시야를 가리는 것이 없어서 지평선이 고스란히 드러났다. 아이슬란드에는 이런 농담이 있다지? “숲에서 길을 잃으면 어떻게 해야 하나요?” “그냥 일어서면 됩니다.” 창밖으로 흐릿한 하늘과 셀 수 없이 다양한 녹색으로 덮인 땅이 계속해서 따라왔다. 그러다 반복되는 풍경에 정신이 아득해질 때쯤 야생화 층층이부채꽃 군락이 나타났다. 보라색 꽃물결이 보이지 않는 곳에서부터 파도처럼 밀려와 넘실댔다. 그리고 다시 이끼와 돌이 점령한 땅이 이어졌다. 이끼와 돌, 보라색 꽃, 안개와 양이 나타났다 사라지는 곳, 여기가 아이슬란드다.

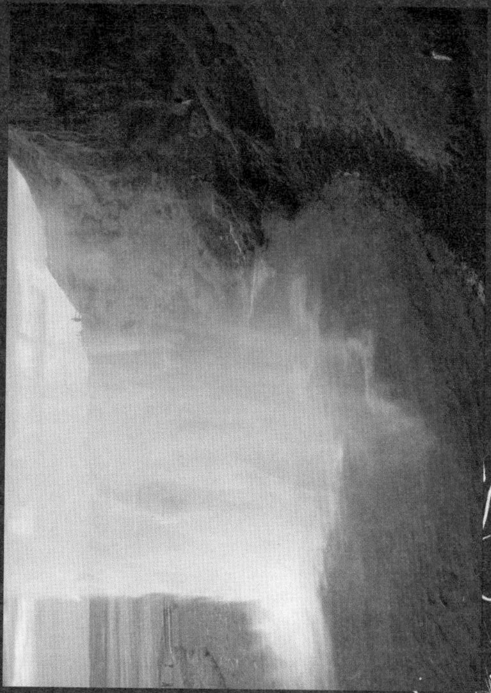

셀리야란스포스는 굴포스에 비하면 폭이 좁고 날카로운 물줄기가 떨어졌다. 이 폭포가 혹여나 폭포연합에서 배신자로 낙인찍혔다면 폭포의 뒷면은 절대 공개할 수 없다는 협회의 반대에도 불구하고 인간에게 길을 터주었기 때문일 거다. 폭포 뒤로 산책로가 이어져 있어 폭포 줄기 바로 뒤에서 어떤 일이 일어나는지 알 수 있다. 거기서 떨어지는 물줄기를 보고 있노라면 마치 물줄기가 땅에서부터 거꾸로 치솟는 듯한 착시가 일어났다. 폭포 아래 물이 고여 생긴 작은 연못 둘레도 걸을 수 있는데 이때 인간에겐 이끼를 밟고 미끄러져 연못에 빠지지 않겠다는 굳은 각오와 폭포수에서 튕겨 나온 물에 옷이 흠뻑 젖어도 자신만을 원망하겠다는 확약이 필요했다.

유명세로만 따지면 스코가포스[Skógafoss]가 한 수 위다. 아이슬란드에 있는 다른 자연환경과 마찬가지로 영화에 여러 번 출연했는데 <토르:다크 월드>, <월터의 상상은 현실이 된다>에서 스코가포스의 열연을 찾아볼 수 있다. 이 폭포는 셀리야란스포스와는 달리 폭포 뒤를 꽁꽁 숨기고 있기 때문에 바이킹이 폭포 뒤 동굴에 보물을 묻었다는 전설이 전해 내려온다. 지금은 해안선이 5km 밖으로 물러났지만 예전엔 스코가포스가 바다로 떨어지는 폭포였다고 한다. 바이킹이 물러간 뒤 한참 지나 지역 사람들이 그 동굴에 찾아가 보니 궤짝의 손잡이 한쪽만 남아있었다는 전설 따라 삼천리 이야기. 보물이 사라진 폭포에는 맑은 날 어김없이 1~2개의 무지개가 뜬다.

아이슬란드에는 한 사람이 폭포 하나씩을 소유해도 될 만큼 많은 수의 이름 없는 폭포가 있다. 그들은 이끼와 돌, 보라색 꽃, 안개와 양에 생명수를 공급하며 생명을 돌본다.

> "사진 찍은 필름을 잃어버리면 폭포연구학자인 줄 알겠어요."
> "아니면 무명 폭포수집가."

농담이 오간다. 아이슬란드에선 이름 없는 폭포에 이름을 지어주다가 한평생을 보낼 수도 있겠다. 다음 폭포를 향해 가는 길에 속력을 높였다.

Location: SELJALANDSFOSS, SKÓGAFOSS / Day: 6.24

6 폭풍우 치는 검은 해변

셋은 아이슬란드 로드 트립을 떠나기에 최적의 인원이다. 더블룸에다 추가로 침대를 놓아 숙박비를 아낄 수 있고 트렁크에 못다 실은 짐을 뒷자리 사람 옆에 늘어놓을 수도 있으니 넷보다는 셋이 좋다. 우리 중 하나는 운전을 하고 둘은 조수석에서 지도를 보고 셋은 옆자리에 실린 햇반과 즉석식품 개수를 확인하며 저녁거리를 걱정했다.

"오늘은 카레를 먹을까, 라면을 먹을까?"

때로는 하나가 떠들고 둘이 맞장구치고 셋은 침묵했다.

"갑자기 비가 오네."
"기온도 급격하게 떨어졌어."
"…."

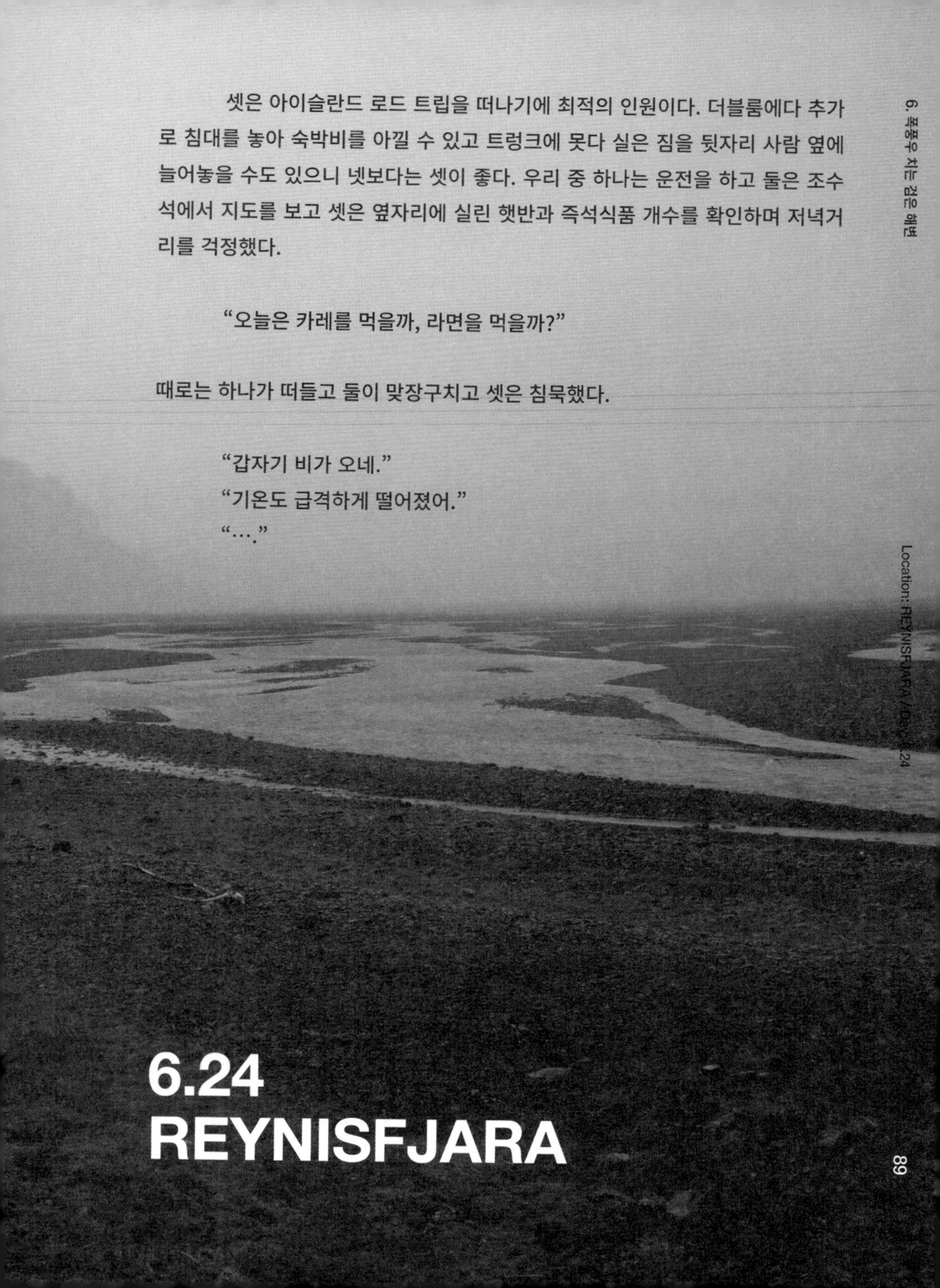

6.24
REYNISFJARA

둘 중 하나만 대답하면 되니 관계가 지속됐다. 같이, 때로는 따로 흩어졌다 모이는 삼각 축은 다행히 별 탈 없이 서로를 지탱하고 있었다.

차창 밖에 비바람이 거셌다. 비크Vik에 가까이 갈수록 축축해지고 있었다. 이 세상에 존재하는 거라곤 비, 바람, 안개, 이끼, 그리고 나. '어쩜 마주 오는 차가 한 대도 없니.' 인적 없는 도로 저 끝에서 편의점의 환상이 어른거렸다. 이럴 땐 따뜻한 라면 국물이 제격인데 아이슬란드의 국도엔 신호등과 휴게소가 없구나. 차를 갓길에 잠시 세우고 준비해온 보온병에서 따뜻한 물을 짜장라면 사발에다 부었다. 하나는 라면 뚜껑을 따고 둘은 물을 붓고 셋은 먹을 준비를 했다. 점심이다. 한국의 레토르트 식품이여, 영원하라!

갈수록 빗발이 굵어져 차 앞유리를 가리는 터에 하나가 물었다.

"숙소에 가기 전에 두 개의 목적지가 남아있는데 어떻게 할까?"

둘이 대답한다.

"가는 길이니까 그래도 들렀다 가죠. 가방에 우비도 있잖아요."

빗속을 기어가는 차 안에서 셋은 덧붙인다.

"상관없어, 어떻게 하든."

우리는 우비를 입고 폭풍우 치는 검은 해변, 레이니스피야라Reynisfjara를 향해 뛰어갔다. 하늘이 무너지고 땅이 갈라지는 소리가 들렸다. 우비의 비닐이 고막을 때리는 소리였다. 비닐 밖에도 소음이 대단했다. 거친 파도가 검은 모래 해변에 들이쳤다. 바닥에선 검은 자갈이 닳는 소리가 났다. 바람이 바다에서 육지 쪽으로 불어 몸을 가누기 힘들었지만 바로 앞까지 왔다. 비가 들어올까 봐 제대로 입도 벌리지 못했다. 사방에서 들어오는 빗방울에 비옷은 무력해진 지 오래고 인간의 맨살에 닿을 때까지 진격하는 게 목표였다면 너희가 승리했다.

레이니스피아라의 아름다움은 카리브 해 해변의 그것과는 완전히 다르다. 카리브 해변에는 부서지는 햇살, 비키니를 입고 뛰어다니는 젊음, 반짝이는 모래사장, 청록빛 바다, 유쾌한 아이스크림 장수가 있다면, 레이니스피아라에는 검은 해변, 흰 파도, 금세 비가 눈으로 바뀔 것 같은 하늘, 어디에서 시작되어서 어디서 끝나는지 알 수 없는 안개, 어두컴컴한 동굴, 그곳에 살고 있다 알려진 바다 괴물, 현무암으로 형성된 기둥이 있었다. 우리는 해변에 한참 비를 맞고 서서 세상의 끝을 바라보았다. 쓸쓸한 바닷가에 오래도록 머무르고 싶어 해변으로 밀려온 바닷말을 줍고 놀았다. 자갈돌을 쌓으면서 소원을 빌었다. '무사히 살아나가 이 아름다움을 세상에 알리게 해 주세요.' 아름답고 큰 파도가 세상을 잡아먹을 듯 가까워졌다 곧 멀어졌다. 해변에 내려오는 전설에 따르면 한 쌍의 트롤이 돛대가 셋인 배를 뭍으로 끌고 오다가 미처 육지에 닿지 못하고 해가 밝아 그대로 바위로 변했다고 한다. 검은 해변의 동쪽에 바위로 변한 트롤과 배가 아직 남아있었다. 사람들은 이 바위를 레이니스드랑가르Reynisdrangar라 부른다. 서쪽에는 코끼리 모양의 언덕, 디르홀레이Dyrhólaey가 어렴풋이 보였다.

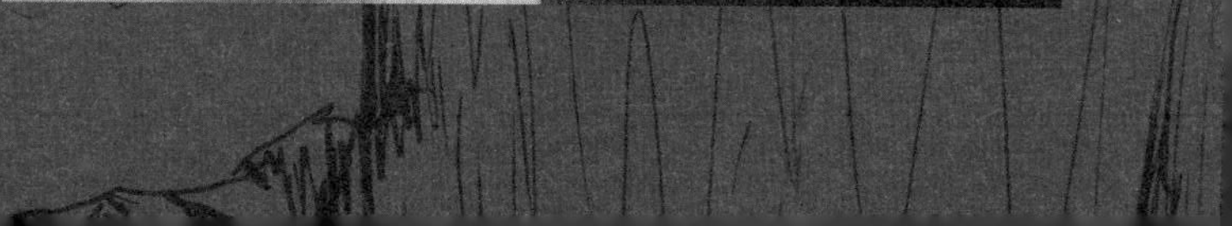

여기까지 왔으니까 가보자

이왕 젖은 김에 근처에 있는 디르홀레이에도 발 도장을 찍고 가기로 했다. 옷에서 물을 질질 흘리면서 코끼리 등이라 불리는 언덕, 디르홀레이에 올랐다. 빗발은 레이니스피야라에서보다 더 굵어졌다. 얼굴로 호두만 한 빗방울이 뚝뚝 떨어졌다. 디르홀레이는 강풍이 부는 곳으로 유명한데 한국에서 온 손님맞이 바람이 유난스러워서 차 문을 여는 것도 힘들었다.

"그래도 여기까지 왔으니까 가 보자."

그때부터였다. 마음속에 있던 영화 <월터의 상상은 현실이 된다>의 오지 전문 사진가 션 오코넬에 빙의된 것 말이다. 비바람이 몸을 가누기 힘들 정도로 몰아치는 언덕, 바닷가 아래로는 120m의 절벽이었다. 안전망은커녕 가느다란 가드라인조차 없는 끄트머리로 카메라를 들고 돌진했다. 비행기에 제 몸을 묶고 활화산의 연기를 가르며 등장한 션 오코넬처럼 자세를 낮추고 절벽 가까이 다가갔다. 그 아래 무엇이 있는지 무척 궁금했기 때문이었다. 하나는 미친 사람처럼 절벽 쪽으로 뛰었고 뒤에서 만류하던 둘은 위험하니 돌아오라고 외쳤고 같이 만류하던 셋은 포기와 동시에 큰소리로 대놓고 비웃기 시작했다.

"으하하 재 봐."

내가 원한 건 모험 활극의 주인공이었으나 현실은 시트콤의 한 장면이었으니. 결국 아이슬란드에서 찍은 가장 비루한 사진을 손에 넣고 퇴거하기에 이르렀다. 안개가 너무 심해 겨우 10m 앞만 분간할 수 있을 지경이었다. 짝퉁 션 오코넬의 뷰파인더엔 오직 흐릿한 잔영만 남았다.

이날 민박집에서 마신 코코아를 잊을 수가 없다. 우중에 꽁꽁 언 몸이 단숨에 녹아내렸다.

"앗 퍼핀Puffin이다!"

선배의 말에 무심코 커튼을 젖혔다.

"아니 거기 말고 여기."

손가락이 가리킨 곳엔 사진집이 있었다. 아이슬란드에서 가장 남쪽에 있는 도시, 비크 근교의 신비로운 자연이 총천연색으로 현상되어 있었다. 책에 의하면 여름에는 퍼핀이 레이니스피야라와 디르홀레이의 절벽에 둥지를 틀고 있어 주황색 부리에 펭귄처럼 턱시도를 입은 퍼핀이 바다로 배치기 다이빙을 하는 모습을 구경할 수 있다고 했다. 또, 날씨 좋은 날 디르홀레이에 오르면 북쪽으로 거대한 빙하 미르달스요쿨Mýrdalsjökull이, 동쪽으로는 트롤의 전설이 내려오는 검은 바위 레이니스드랑가르가, 서쪽으로는 셀포스Selfoss 방향의 해안선이 끝없이 펼쳐지는 장관이 펼쳐진단다. 하지만 디르홀레이에서의 전경과 퍼핀을 동시에 만나려면 평생 나에게 배정된 운을 한 번에 당겨다 써야 이룰 수 있을 듯했다. 사진집 옆에 놓여있던 방명록을 펼치자, 비크의 날씨에 대한 욕이 쏟아졌다.

"이 망할 놈의 날씨야!"
"여기선 비 내리지 않는 날이 드물다지."
"비와 안개만 실컷 보다 갑니다!"

비크의 연간 날씨가 민박집의 방명록에 기록돼 있었다. 뒤이어 아웃도어 복장을 차려입은 일본인이 흠뻑 젖은 채로 민박집 문을 두드렸다.

"으, 너무 추워서 도저히 캠핑장 텐트에서 못 자겠어요. 그런데도 친구들은 밖에서 자겠대요."

아무도 그를 비난할 수 없었다. 비크의 궂은 날씨는 우정을 갈라놓기에 충분했다.

oh-!
PuFFIN
JÓHANN ÓLI HILMARSSON
THE PUFFIN

ferðaþjónusta bænda
icelandic farm holidays

17 요정은 계곡에 다리를 꼬고 앉아

링로드를 따라 남동쪽으로 향했다. 움직이는 동시에 끊임없이 의심했다. 우리는 앞으로 가고 있는가? 손으로 눈이 제 위치에 있는지 더듬어 봤다. '지금' 보고 있는 장면이 오늘의 것인지, 아니면 어제 본 것을 되새기는 것인지. 믿기 어려울 만큼 같은 풍경이 반복됐다. 랜드마크도 없이 끝없이 이어지는 지평선, 한결같이 검은 땅, 이끼 다음에 이끼, 양 다음에 또 양이 나타났다 사라지길 여러 번. 어느새 원근감이 사라졌다. 차분하게 생각해 보자. 이 현상이 말로만 듣던 링반데룽Ringwanderung인가? 등산용어에 링반데룽이란 단어가 있다. 산에서 안개나 폭우 등 악천후를 만났을 때 감각을 잃고 같은 지점을 계속 맴도는 현상이다. 자기는 목표를 향해 똑바로 걷고 있다고 생각하지만 약간씩 좌, 우로 치우쳐 실제로는 원을 그리며 계속해서 같은 곳을 맴도는 거다. 예전에 친구가 링반데룽을 주제로 한 공포영화를 찍은 적이 있다. 혹시 심심한 요정 하나가 도로를 동그랗게 말아놓은 것은 아닐까? 뫼비우스 계단을 달리고 있는 건 아닐까? 의심을 거둘 수가 없었다.

6.25
DVERGHAMRAR

Location: DVERGHAMRAR / Day: 6.25

우리는 레이니스피야라 해변과 스카프타펠 국립공원Skaftafell National Park 사이의 짧은 길에서 엘프의 지독한 장난에 걸려든 것이 틀림없다. 요정이 나온다는 전설의 계곡 드베르감라르Dverghamrar에 찾아가는 길이었다.

"어? 선배, 지나친 것 같아요."

GPS가 지도에 표시해 둔 지점을 지났다고 타박하듯 깜박였다.

"그래? 그럼 차를 돌려서 다시 찾아보자."

신경을 곤두세우고 좌우를 둘러봤지만 요정의 계곡은 어디에도 없었다.

"이상하다? 또 지나왔는데요?"
"뭐? 아무것도 없었잖아. 그럼 다시 가 보자."

차는 자전거보다 느린 속도로 달렸다. 이번에는 반드시 찾아내고 말리라. 그런데 계곡처럼 튀어나온 지형도, 표지판도, 옆으로 빠지는 샛길도 없는 게 아닌가. 등 뒤로 식은땀이 흘렀다.

"오늘따라 요정이 심심한가 봐요. 장난이 지나치네?"

정신을 가다듬고 마지막으로 딱 한 번만 더 차를 돌려 찾아보기로 했다.

"야 이 얄궂은 놈들아, 드베르감라르를 내놔라."

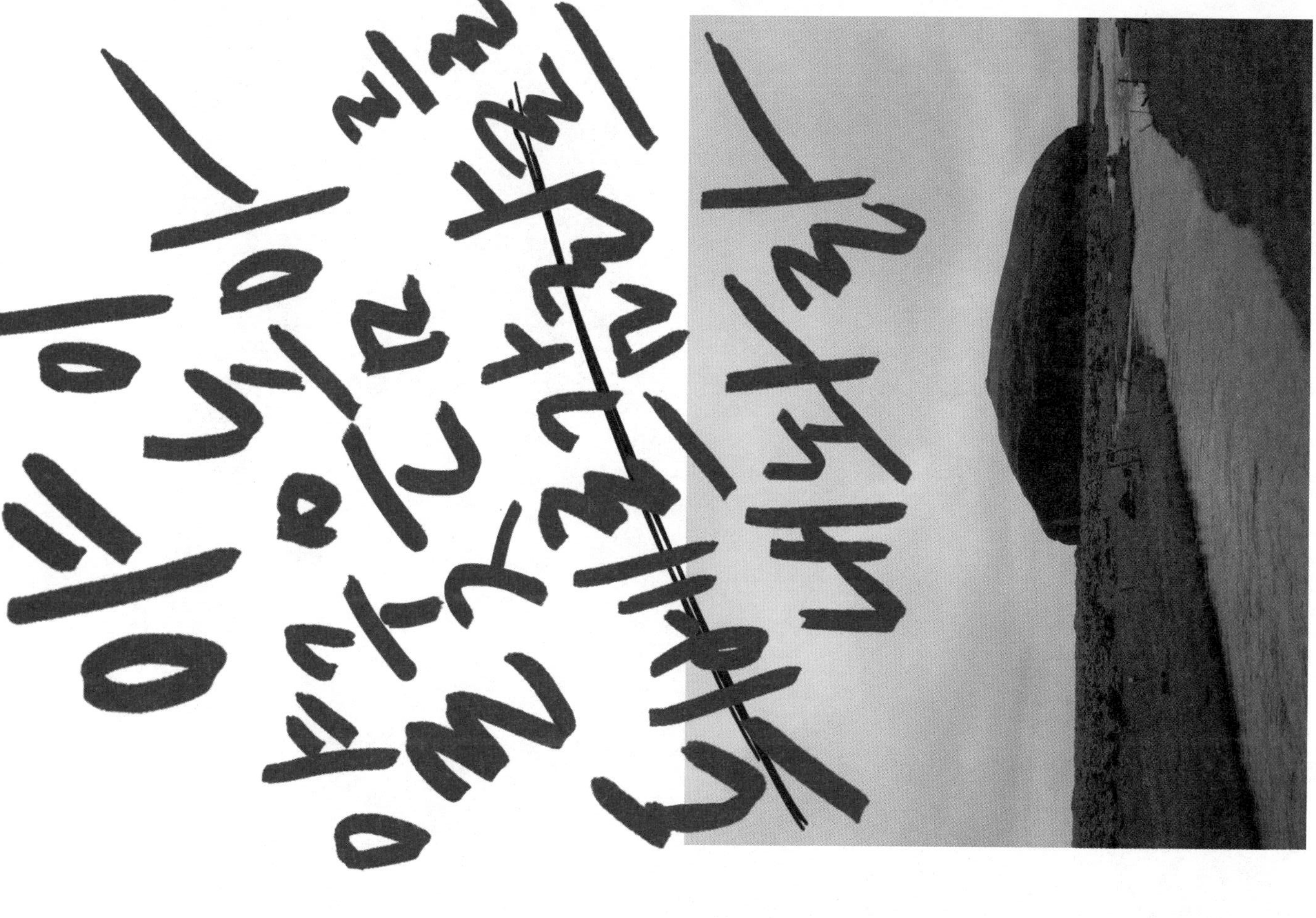

세 번의 시도 끝에 드베르감라르를 발견했다. 인적이 드문 곳에 차가 한 대 주차된 공터를 보고 복권을 긁는 마음으로 멈춰 섰다. “여기예요. 여기!” 거기엔 요정의 계곡으로 들어가는 허리보다 낮은 나무 덧문과 작은 요정 드워프Dwarf가 그려진 작은 표지판이 있었다. 먼저 온 고마운 여행객이 아니었으면 이번에도 그냥 지나쳤을 거다. 덧문 아래 내리막길을 지나 경사진 언덕 아래에 마주 보고 서 있는 근엄한 현무암 기둥이 보였다. 지형이 아래로 갈수록 낮아져 도로에서는 보이지 않았다. 오며 가며 지나친 게 당연했다. 하물며 관광지라고 부르기엔 민망할 정도로 볼품이 없었다. 선배 B는 그 규모에 실망해 자신은 가지 않고 차에 남겠다고 선언했다.

하지만 아이슬란드에서는 보이는 것만 믿어선 안 된다. 여기는 보이지 않는 것이 팔할을 차지하는 땅이다. 지면 아래 부글부글 끓고 있는 마그마와 엘프, 드워프, 요정, 트롤 같은 보이지 않는 존재들이 인간의 삶에 영향력을 행사하는 곳. 아이슬란드에 살고 있는 엘프는 자신의 거주지가 위험에 처할 때마다 인근 마을 사람들의 꿈에 나타나 따지거나 호소한다.

Location: DVERGHAMRAR / Day: 6.25

"학교를 짓고 있는 부지 동쪽에 있는 커다란 돌을 보호해 줘. 왜냐면 우리가 거기에 살고 있거든."
"새로 만드는 도로의 공사를 중단하는 게 좋겠어. 도로가 우리 집을 반 동강 내고 있다고 시장에게 전해 주겠어?"

꿈에서 신세 한탄을 들은 사람은 대개 공사 담당자나 시청 민원실에 편지를 써 이 사실을 알렸다. 그 결과 코파보구르Kópavogur 지역의 고속도로는 엘프의 집이라 전해 내려오는 튀어나온 돌을 피해가느라 도로가 좁아졌고, 그라스테인Grásteinn의 도로공사는 드워프의 반들반들한 바위가 조심스럽게 옆으로 옮겨질 때까지 공사를 중단했고, 레이캬비크에 있는 호텔 클레투르Hótel Klettur는 누군가의 심기를 건드릴까 봐 바위를 없애지 않고 벽의 한 부분으로 만들었다. 그들의 의견을 무시하고 공사를 강행하면 그만이지 않냐고? 그건 너무 위험한 발상이다. 1970년대 엘프의 경고를 무시하고 진행한 공사에 참여한 인부들이 불운에 시달렸고, 굴착기가 고장 났고, 근처 강에서 송어 7만 마리가 떼죽음을 당한 후로 공사현장엔 엘프의 바위를 구별하는 사람이 고용됐다.

다시 어렵사리 발견한 드베르감라르로 돌아와 이곳에 전해 내려오는 전설에 귀 기울여보자. '1904년, 근처에 사는 어린 소녀 올라비아 팔스도티르Olafia Palsdottir가 저녁 무렵, 양을 데리고 드베르감라르를 지나고 있었다. 어디선가 아름다운 노랫소리가 들리고 보이지 않는 것에 부딪혀 멈춰 섰다. 소녀는 앉아서 한참 동안 또렷하게 들리는 허밍을 감상했는데 집에 돌아오는 길에도 한동안 뒤에서 노랫소리가 들려왔다.'는 이야기. 드베르감라르는 아이슬란드어로 드워프의 언덕이라는 뜻이다.

주차장과 꽤 떨어져 있는 거리를 터덜터덜 내려와 거대한 바위 사이, 계곡에 다다랐다. 나도 모르게 발걸음을 멈추고 함께 온 선배에게 말을 걸었다. 누가 들을세라 조용히.

"선배도 느꼈어요? 기분이 이상해요."

선배도 소리를 죽여 대답했다.

"어, 뭐가 나올 것 같다."

세차게 불던 바닷바람이 계곡에 들어서자 뚝 그쳤다. 우리는 남의 땅에 허락도 없이 들어온 사람처럼 도둑 발로 걸었다. 도랑 건너 잔디에서 풀을 뜯는 양들이 말을 할 수 있다면 이렇게 외쳤을 거다.

"어이, 드워프. 자네한테 손님이 또 찾아왔네!"

바위 사이로 저 멀리 가느다란 시두 폭포Foss á Síðu가 희미한 빛처럼 보였다.

끝내 드워프의 노래는 듣지 못하고 계곡을 벗어났다. 부모님께 남의 집에 오래 머무는 건 실례라고 배운 교양 있는 사람이니까 신속히 빠져나갔다. 집주인의 눈치를 보느라 자세히 살피지 못했지만 빙하기 말미 화산 폭발과 파도가 빚은 현무암 기둥이 꽤 멋졌다. 길쭉길쭉하게 교회의 대형 파이프 오르간처럼 뻗어가던 기둥은 끄트머리에서 파마머리처럼 형체 없이 뒤엉켜있다. 바다에 잠겨있던 시절, 수면 위에 노출되어 있던 부분이 아닌가 짐작해 보았다. 자, 이제 뒤돌아보지 말고 가자. 빙하의 땅을 향해서! 드베르감라르에서 요정의 시험을 통과한 자에게 아이슬란드의 빙하 구역에 접근할 자격이 주어졌다.

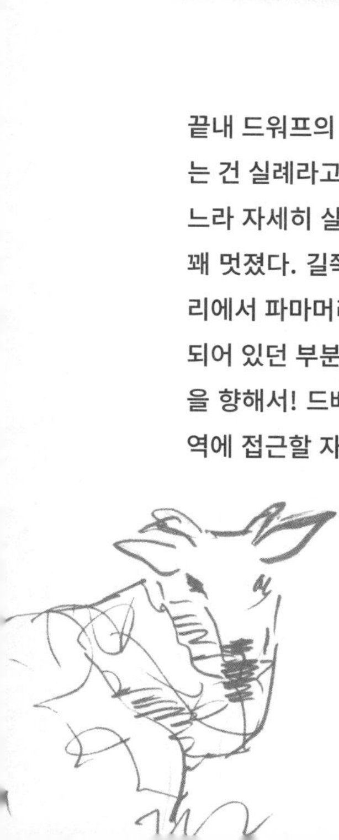

아이슬란드에 살고 있는 '보이지 않는 사람들'

talk with

미스터 마그누스 *Magnús Skarphedinsson*

엘프 학교 교장 선생님

Q. 어떻게 엘프 학교의 교사가 되었나요?

아이슬란드 대학교에서 역사와 인류학을 공부했어요. 엘프와 '보이지 않는 사람들', 자연에 깃든 영혼에 대해서 수많은 연구를 해왔고, 지난 30년간 아이슬란드에서 혹은 다른 나라에서 엘프를 만났거나 우정을 나눴다고 주장하는 사람들의 이야기를 수집하고 있어요. 엘프 학교를 28년째 운영하면서 인간과 엘프 사이의 우정과 대립에 대한 흥미로운 이야기를 사람들에게 전파하고 있습니다.

Q. 엘프 학교에서는 무엇을 배우나요?

일반인을 위해 매주 금요일 3~4시간 정도 세미나를 진행하고 있어요. 제가 알고 있는 열세 종류의 엘프, 네 종류의 흙의 정령*Gnome*, 두 종류의 트롤, 세 종류의 날개 달린 요정, 그리고 드워프 등의 차이를 설명하고 인간과 맞닥뜨린 에피소드를 들려주죠. 커피와 와플을 나눠 먹으면서요. 수업을 마친 후에는 학교 근처 엘프의 집이라 알려진 큰 바위로 견학을 갑니다.

Q. 인간 중에서 보이지 않는 사람을 목격한 이는 드뭅니다. 반대로 보이지 않는 사람은 인간을 볼 수가 있나요?

네, 인간은 엘프가 원하지 않는 한 엘프를 결코 볼 수 없지만 엘프는 인간을 볼 수 있습니다. 구전으로 내려오는 옛이야기에서 보이지 않는 사람의 기원을 찾아볼 수 있는데요. 어느 날 신이 아담과 이브를 만나러 왔다고 합니다. 아담과 이브는 신을 환대하며 아이들을 소개했어요. 이브는 미처 씻기지 못한 아이들을 신에게 보여주는 것이 부끄러워 아이 중 일부를 숨겨놓았습니다. 그런데 이를 알아챈 신이 다른 아이들이 있는지 물었고, 이브는 없다고 대답했대요. 그러자 모든 사실을 알고 있었던 신은 “나에게 숨겨진 것은 다른 이들에게도 영원히 보이지 않으리라.”고 선언했습니다. 그때 신과 만난 이브의 아이들은 인간의 조상이, 숨어있던 아이들은 보이지 않는 사람의 조상이 되었답니다.

Q. 그렇다면 보이지 않는 사람은 인간에게 호의적인가요?

자신들에게 위협이 느껴지는 상황, 예를 들면 모여 살고 있는 바위가 철거될 위기가 닥쳤을 땐 인간들 앞에 나타나 항의를 하거나 농장의 동물에 해를 가하는 등 짓궂은 행동을 하기도 하지만 그들은 수세기에 걸쳐 아이슬란드 사람들의 목숨을 구해 왔습니다. 때로는 인간을 엘프의 집으로 초대하기도 하는 등 인간과 보이지 않는 사람들 사이에 두 개의 세계를 넘나드는 우정이 존재한다고 생각해요. 산파이자 허브 테라피스트였던 소룬 효르레이브스도티르*Þórunn Hjörleifsdóttir*는 2012년 91세의 나이로 별세하셨는데요, 그 전에 엘프와 나눈 우정에 대해서 직접 전해 들었어요. 젊은 시절 출산에 어려움을 겪고 있는 엘프를 도와준 뒤 친구가 된 이야기죠. 어느 날 소룬은 커피를 마시려고 했지만 커피콩이 떨어졌어요. 그러다 잠시 잠이 들었는데 꿈속에서 예전에 도움을 주었던 엘프가 나타나 커피 가루를 전해 주었대요. 그런데 더욱 놀라운 건 꿈에서 깼을 때 커피 통이 최고급 커피로 가득 채워져 있었다는 거예요. 그 뒤로도 둘은 꿈에서 자주 만났다고 합니다.

Q. 현재에도 엘프가 존재하나요?

물론입니다. 그들은 여러 가지 방법으로 사람들에게 모습을 드러내고 있어요. 아이슬란드 동북부 마을, 바르다스트룬드*Bardaströnd*에는 마치 벽돌로 지은 집처럼 생긴 커다란 바위가 있어요. 마을 사람들은 그 바위에 엘프와 요정들이 살고 있다고 믿고 있어 동네 아이들은 바위 근처에서 착한 아이처럼 군대요. 절대 그 바위에 기어오르거나 주변에서 시끄럽게 하지도 않고요. 종종 밤에 바위에서 빛이 나는 것이 목격된다고 합니다. 그리고 1937년 여름, 근처 큰 바위에 농장 주인의 딸인 로우라*Lára*가 기어올라가 폴짝거리면서 놀자 어디선가 화난 성인 여자의 목소리가

"당장 바위에서 내려오지 않으면 큰 벌을 받을 게다!"

라고 외쳤어요. 당시 주변에는 어른이 없었는데도요. 겁을 먹은 로우라는 바위에서 뛰어 내려왔다고 해요.
또 아이슬란드뿐 아니라 유럽 전역에서 보이지 않는 사람들이 발견됩니다. 2002년 늦여름, 독일 슈바르츠발트*Schwarzwald*를 지나던 독일인 하르트무트 슐츠*Hartmut Schulze*는 엘프가 나뭇더미 위에 앉아 마치 일광욕을 즐기듯 느긋이 파이프를 피우는 모습을 목격했습니다. 그는 속도를 줄이면서 잠시 동안 엘프를 쳐다보았는데 엘프 또한 인간이 자신을 보고 있다는 사실을 깨닫고 스프링처럼 튀어 올라 방방 뛰었다고 해요. 엘프는 무척 놀라고 기쁜 것처럼 보였는데 한동안 느리게 움직이는 차를 따라 달려왔다고 합니다.

Q. 직접 엘프를 만나거나 대화를 나눠본 적이 있나요?

아쉽게도 아직은 없어요. 한번은 '왜 보이지 않는 사람들은 내 앞에만 모습을 드러내지 않을까'하는 고민을 친구에게 털어놓았더니 엘프가 그 친구의 꿈에 나타나서 미스터 마그누스에겐 절대 모습을 나타내지 않을 거라고 했대요. 왜냐면 내가 너무 많은 질문을 퍼부을 거라고요. 하하.

The Elfschool

주소 2F, Sidumuli 31, 108 Reykjavík
연락처 +354 588 6060 / +354 894 4014
홈페이지 www.theelfschool.com

빙하의 별

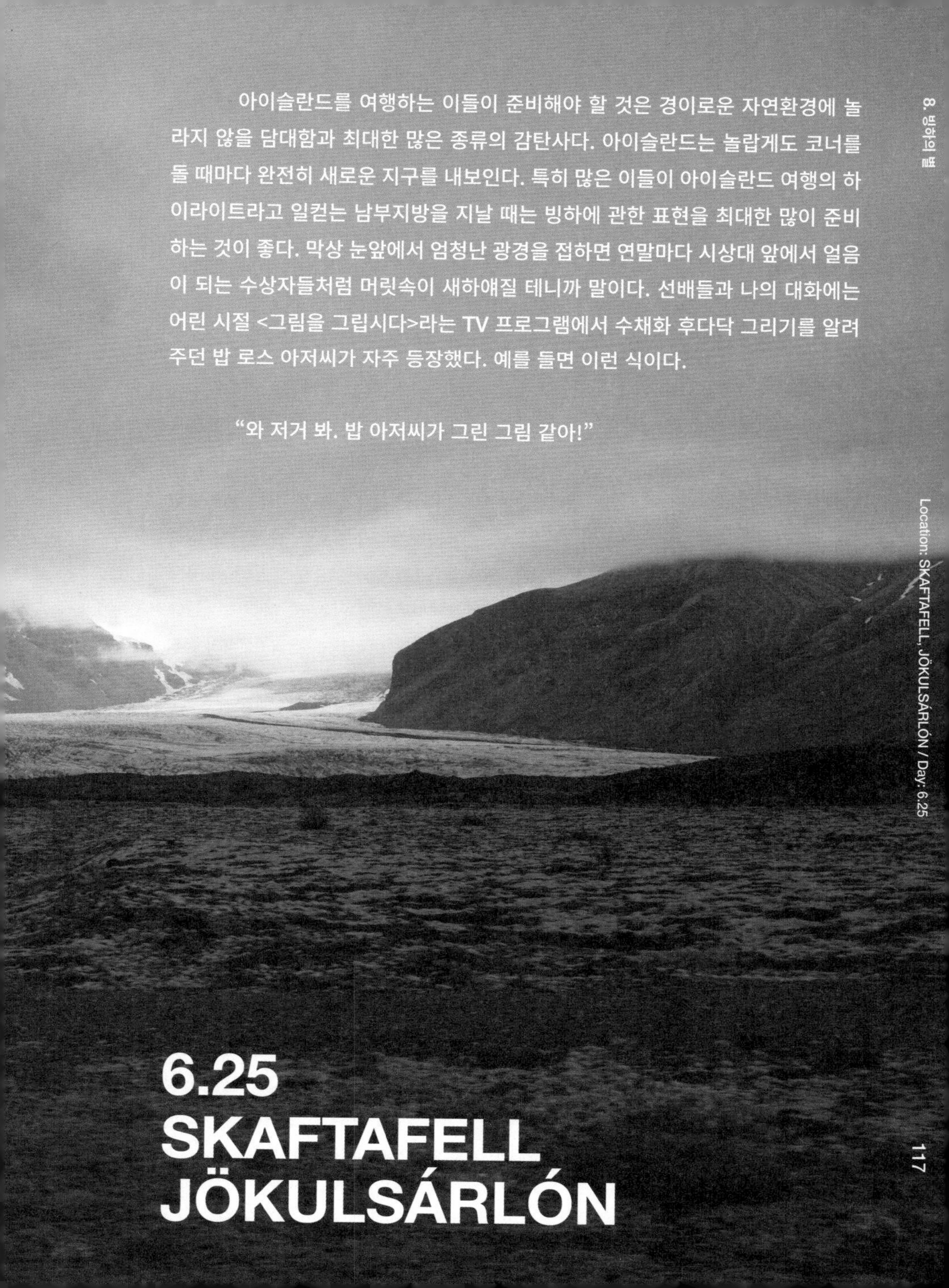

아이슬란드를 여행하는 이들이 준비해야 할 것은 경이로운 자연환경에 놀라지 않을 담대함과 최대한 많은 종류의 감탄사다. 아이슬란드는 놀랍게도 코너를 돌 때마다 완전히 새로운 지구를 내보인다. 특히 많은 이들이 아이슬란드 여행의 하이라이트라고 일컫는 남부지방을 지날 때는 빙하에 관한 표현을 최대한 많이 준비하는 것이 좋다. 막상 눈앞에서 엄청난 광경을 접하면 연말마다 시상대 앞에서 얼음이 되는 수상자들처럼 머릿속이 새하얘질 테니까 말이다. 선배들과 나의 대화에는 어린 시절 <그림을 그립시다>라는 TV 프로그램에서 수채화 후다닥 그리기를 알려주던 밥 로스 아저씨가 자주 등장했다. 예를 들면 이런 식이다.

"와 저거 봐. 밥 아저씨가 그린 그림 같아!"

Location: SKAFTAFELL, JÖKULSÁRLÓN / Day: 6.25

6.25
SKAFTAFELL
JÖKULSÁRLÓN

나중에는 밥 아저씨가 하루에도 몇 번씩 튀어나와 마치 그와 함께 여행을 하는 느낌이 들었다. 그래도 '와 이건 정말 말도 안 돼.' '무척이나 아름답다.'라는 말로는 풍경을 온전히 설명하지 못 하는 기분이 들었다. 아이슬란드인들은 분명 빙하를 설명하는 천 가지 형용사를 가지고 있을 테지.

"어! 저 앞에 또 밥 로스 아저씨의 작품이 있어!"

멀리 산등성이에 거대한 흰 용암이 흘러나오고 있었다.

"우와, 저게 뭐야?"

아무도 그 질문에 대답하지 못했다. 왜냐면 태어나서 한 번도 본 적 없는 풍경이었기 때문이다. 가까이 갈수록 크고 하얀 것은 눈동자 안에 꽉 차도록 팽창했고 나중에야 그게 빙하기에 얼어버린 빙하라는 걸 알았다. 스카프타펠에 도착했다. 이곳으로 말할 것 같으면 바트나요쿨 국립공원Vatnajökull National Park의 일부로, 아이슬란드에서 가장 크고 방대한 만년설이 있는 곳이다. 바트나요쿨 빙하는 노르웨이의 아우스트포나Austfonna 빙하 다음으로 유럽에서 두 번째로 큰 빙하인데 그 면적이 무려 충청남도를 덮고 남는 크기다. 스카프타펠의 입구에 있는 인포메이션 센터에는 국립공원에 대한 자세한 설명과 함께 19세기 초 빙하의 입속으로 탐험을 떠났다가 돌아오지 못한 젊은이들의 사진과 유품이 전시되어 있었다. 각종 캠핑용품과 칫솔, 한 짝만 남은 장화를 통해 자연은 인류에게 절대 정복되지 않겠다는 굳은 의지를 전한다.

스카프타펠의 트레킹 코스는 다양하다. 코스에 따라서 현무암 기둥을 타고 흐르는 폭포 스바르티포스Svartifoss를 지나고, 자작나무 숲을 넘어, 만년설로 뒤덮인 봉우리에 오르고, 스카프타펠에서도 가장 나이가 많은 5만 년 된 암석 위를 걷고, 울퉁불퉁하게 융기한 산등성이 사이로 빙하가 흘러들어 간 옆구리에서 기념사진을 찍을 수 있다. 때로는 괴물의 입처럼 벌어진 얼음 동굴 안에서 푸른 사파이어처럼 반짝이는 빙하에 감동하고, 영화 <인터스텔라>에서 맷 데이먼이 잠들어 있던 행성 장면을 촬영한 장소에서 도저히 지구라고 믿어지지 않는 풍경과 맞닥뜨린다. 그러려면 미리 다섯 시간 이상 걸리는 빙하 걷기 투어를 신청해야 하는데 지구력이 부족한 우리는 일찌감치 포기했다. 부끄럽지만 우리는 미래 인류의 다리엔 바퀴가 이식될 것이라 믿는 그런 부류의 사람들이기 때문이다. 그래도 그냥 지나치기는 아쉬워 지도에서 가장 짧은 하이킹 코스를 걸었다. 우리가 정복하지 못한 땅은 스크린에 묻어뒀다. 때로는 외계의 행성으로, 때로는 알프스 산맥으로, 때로는 아프가니스탄의 고원으로 변하는 스카프타펠의 변화무쌍함을! 007시리즈 중 <다이 어나더 데이>에서 제임스 본드가 자동차 애스턴 마틴을 타고 얼음 위를 달리는 장면, <월터의 상상은 현실이 된다>에서 히말라야와 아프가니스탄 장면을 이곳에서 촬영했다.

여름의 스카프타펠은 동면에서 깨어난 생명의 에너지로 가득했다. 날씨는 온화하고 쾌적했다. 자작나무와 초록으로 뒤덮인 트레일을 따라 걸으면 콧노래가 절로 났다.

> "랄랄라. 마가목이 덤불을 이루고 있고요, 종 모양의 청색 꽃이 피는 이름 모를 실잔대랑 하얗고 작은 꽃망울이 뭉쳐서 피는 야생화가 바위틈에 피어 있지요. 개똥지빠귀의 사촌과 정수리에 주황색 깃털을 단 홍방울새의 친척이 지저귀고요, 보이지 않는 곤충들이 작은 소리로 울어요."
> "북극여우랑 밍크는 꼭꼭 숨어라. 꼬리 보일라."

1시간 정도에 걸쳐 열린 자작곡 뽐내기와 야생초 사진 대회, 빨리 걷기 대회가 끝나자 거대한 빙하의 실마리가 잡혔다.

모래무지 위에 섰다. 구체적으로 얘기하자면 만년설 아래 화산이 폭발해 빙하의 범람을 일으키고 모래와 화산재가 하류로 쓸려와 생긴 쓸모없는 땅이었다. 색이 사라진 세상인 듯 거짓말처럼 야생초가 실종된 땅. 종합대학 하나를 통째로 옮겨놓으면 쏙 들어갈 정도로 광활한 황무지 위엔 제멋대로 난 물길뿐이었다. 그리고 그 길 끝에 화산재가 나이테처럼 새겨져 있는 빙하가 있었다. 지하세계에서 고독과 쓸쓸함이 스멀스멀 올라오는 땅을 지나 빙하와 마주하자, 그만 감탄사가 고갈됐다. 입 밖으로 낼 수 있는 어떤 문장도 내가 마주하고 있는 풍경과 비교하면 비루해졌다. 사진기도 무용지물이었다. 산중에서 전설의 거인을 만난 것처럼 발이 얼어붙고 어깨가 움츠러들었다. 쓸쓸함과 아름다움, 놀라움과 당혹스러움이 교차하는 순간. 그저 가만히 홀린 듯 바라볼 수밖에 없었다. 다리가 아플 때까지, 혹은 동료가 돌아가자고 보채기 전까지.

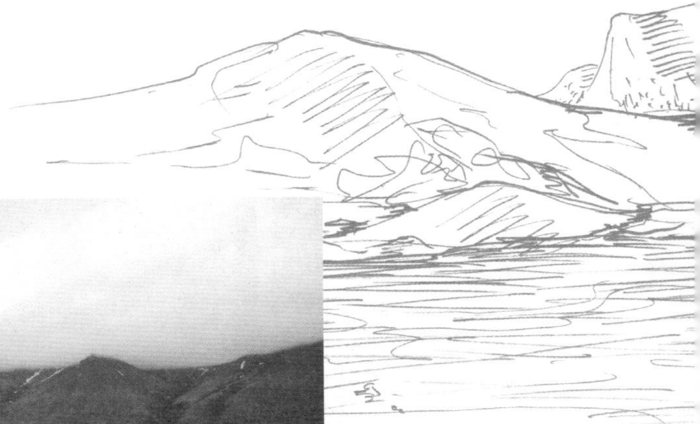

와 저거봐
밝아져서가
그린 그림 같아

Location: SKAFTAFELL, JÖKULSÁRLÓN / Day: 6.25

하지만 진짜 충격적인 장면은 다음에 기다리고 있었다. 창밖으로 멀어져가는 스카프타펠을 자꾸만 돌아보며 아쉬워하고 있을 때쯤 요쿨살론이 스카프타펠을 비웃으며 등장했다. 그 매력적인 얼음 호수는 '스카프타펠 같은 녀석은 금세 잊게 해 줄게.'라고 속삭인다. 우리는 기꺼이 유혹에 넘어가 소리를 지르면서 전속력으로 호수 앞까지 뛰어갔다. 언덕 아래엔 호수에 빙하가 둥둥 떠다니는 믿기 힘든 풍경이 펼쳐졌다.

"제가 만지고 있는 거 빙하 맞아요?"
"아까 먼 발치에서만 바라보던 만년설이요?"

그러자 요쿨살론의 엘프가 나타나 '그래, 네가 핥고 있는 건 바트나요쿨 빙하의 자식인 브레이다메르쿠르요쿨Breiðamerkurjökull 빙산에서 갈라져 나온 덩어리란다. 얘네는 5년간 물에 녹았다 얼기를 반복하면서 대서양으로 흘러들어 가지.'라고 대답해 주기는커녕 물 위에서 얼음이 떠다니는 소리와 덩어리가 갈라지는 소리만이 선명하게 들려왔다. 언젠가 기회가 되면 요쿨살론에서 원테이크로 찍은 극사실주의 다큐멘터리를 상영하고 싶다. 거기엔 무심하게 석호를 떠다니는 빙하 덩어리와 그 앞에서 호들갑을 떠는 사람들, 그리고 서늘한 강물에 서슴없이 들어가 빙하 사이를 헤집고 다니는 오리 한 마리가 등장한다. 아무 대사도 없고 메시지도 없지만 꽤 감동적이다.

Location: SKAFTAFELL, JÖKULSÁRLÓN / Day: 6.25

요쿨살론의 관광객은 대부분 서쪽 주차장 부근에 몰려들지만 강의 하류를 방문하는 것도 잊지 말아야 한다. 아이슬란드의 가장 빛나는 부분은 요쿨살론과 바다가 만나는 지점에 있다. 요쿨살론 석호를 맴돌던 빙하는 제 몸을 깎고 잘라서 스스로 작아진 다음 이곳으로 내려왔다. 운이 좋은 빙하는 단번에 바다로 나가 더 넓은 세상에 스며들지만 운이 나쁜 놈들은 파도에 밀려 해변에 안착해 그대로 녹아내리고 있었다. 강과 바다가 만나는 검은 해변에는 빙하의 시체들이 널려있었다. 그 속에서 마지막 푸른빛이 선명하게 반짝였다. 만약 당신이 포토그래퍼라면, 다음 일정을 취소하는 편이 좋다. 그곳에선 일반인들도 하는 일 없이 몇 시간이고 보내게 되는데 하물며 포토그래퍼라면 절대 빠져나올 수 없을 것이다. 자꾸만 부족한 필름이나 디지털 메모리를 탓했다. 파도에 일렁이는 빙하를 보고 있자니 아드레날린이 계속해서 분비됐다. 길 가던 사람을 아무나 세우고 검은 모래 위 빙하의 아름다움에 대해서 몇 시간이고 떠들고 싶은 상태가 됐다.

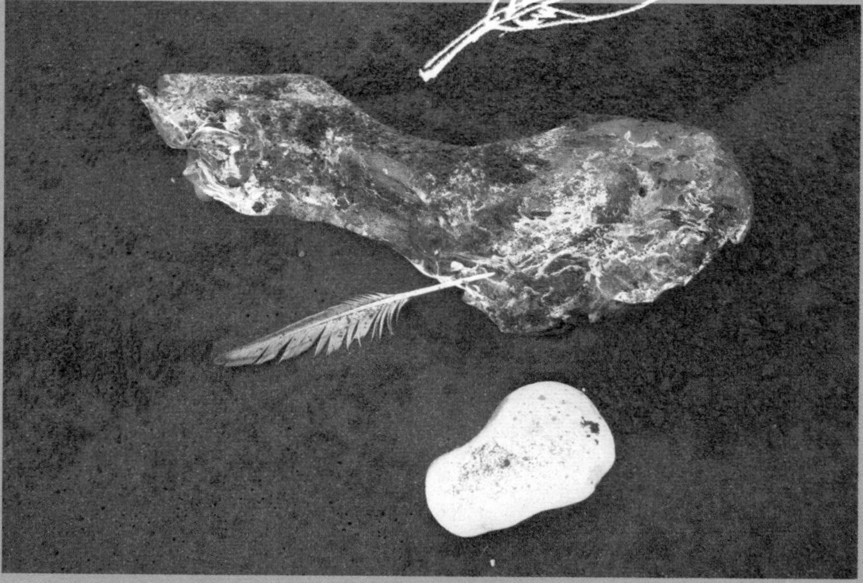

꼬르륵. 배꼽시계가 재촉하지 않았다면 언제까지고 빙하의 시체를 껴안고 있었을지 모른다. 빙하의 별에 다녀왔더니 호픈[Höfn]으로 향하는 길, 갓길에 놓인 몽글몽글한 이끼 따위는 눈에 들어오지도 않았다. 3연속 번개 같은 감동이 지나간 후 렌터카 안엔 정적이 감돌았다. 그때 이제껏 들은 아이슬란드에 대한 극찬 중 가장 강력한 문장이 누군가의 입에서 흘러나왔다.

"아이슬란드를 여행하고 나면 다른 어떤 여행지를 가도 심드렁해진대."

이런, 너무 젊은 나이에 이곳에 도달했다.

Location: SKAFTAFELL, JÖKULSÁRLÓN / Day: 6.25

9

아이슬란드인의 사생활

"오늘 아침엔 뭐 먹었어요?"
"어제저녁에 읽은 책은요?"
"아이슬란드는 몇 개의 계절로 나뉘나요?"
"긴긴 겨울밤이 찾아오면 거실에 모여 뜨개질 시합을 하나요?"
"아이슬란드 미술작가인 올라퍼 엘리아슨Ólafur Elíasson이 거대한 인공 태양을 만들었는데 어떻게 생각해요?"

6.25 —— 6.26 HÓLMUR

궁금한 게 태산이었다. 링로드에서는 사람보다 양을 더 자주 만났다. 인터넷에서 본 아이슬란드 여행자의 후기는 진짜일까? '차가 겨우 한 대 지나갈 수 있는 다리에서 마주 오는 차를 만났는데 서로 양보를 하느라 한참을 마주 보고 서 있었다'는 사람은 지나는 차도 만나기 힘든 링로드에서 백 년에 한 번 찾아오는 불운을 만난 셈이다. 우리에겐 그런 불행조차 찾아오지 않았다. 남한 정도쯤 되는 땅덩이에 제주도 도민의 절반이 흩어져 살고 있다는 걸 잊지 말았어야 했다.

그러다 마침내 아이슬란드인의 일상에 끼어들 기회가 왔다. 농가 옆 민박집에서 묵어갈 기회. 도시가 귀한 아이슬란드에서는 마을 주민 10명 남짓이 모여 사는 작은 농촌이 흔하고 팜스테이라 하여 농가의 한쪽을 관광객을 위해 비워주는 경우도 많다. 빙하를 실컷 보고 지겹도록 탄성을 지르고 나자 게스트하우스 홀무르Hólmur가 나타났다. 세모 지붕을 얹은 외양간은 레스토랑으로 쓰고, 게스트용 이층집은 1950~70년대 아이슬란드 농장 분위기로 꾸며져 있다. 맞은편 농부의 집에는 노부부 마기Maggi와 군나Gunna, 그들의 자식 내외, 손주들이 살고 있다. 마당엔 골든 리트리버가, 축사엔 양, 거위, 염소, 새끼 돼지가 동거 중이었다.

군나가 마당에서 골든 리트리버에게 우유를 따라주는 걸 보고 냉큼 달려갔다.

"강아지 이름이 뭐예요?"
"루카스예요."

부끄러움을 많이 타는 한국인과 그보다 더한 아이슬란드인 사이에는 참을 수 없는 정적이 오갔다. 아이슬란드인을 붙잡아 테이블에 앉혀놓고 커피를 호호 불어 마시면서 얘기를 나누려던 계획이 무색해졌다.

"루카스의 친구는 없나요?"
"노라, 모나리자라는 이름을 가진 고양이도 있어요. 관심받고 싶어서 귀찮게 할 때도 있는데 그럴 땐 쉬-라고 길게 말해 주면 돼요."

군나는 그렇게 얘기하고 남은 농장 일을 하러 자리를 떴다. 그렇지만 숫기 없는 두 사람의 대화치곤 성공적이었다고 자평하는 바다. 좀 더 대화가 길어졌더라면 남편인 마기의 고향이 홀무르이며 우리가 묵고 있는 게스트하우스는 원래 그의 부모님 집이고 북쪽 마을 후나바튼시슬라Húnavatnssýsla에서 온 남편 마기와 결혼한 뒤 다시 고향으로 돌아와 농장을 맡았다고 말해 줬을 것이다. 또 마기와 군나는 둘 다 농부학교를 졸업한 농학자이며 마기는 컴퓨터 엔지니어, 군나는 관광학을 동시에 전공했고 농가 옆에 게스트하우스, 작은 동물 농장, 레스토랑 겸 카페 순으로 세를 늘려왔다는 얘기도 빠뜨리지 않았을 거다. 아쉽게도 이런 얘기들은 그들의 게스트하우스 홈페이지를 통해서 알아냈다.

게스트하우스는 가정집을 고쳐서 만들었다. 마기의 부모님과 어린 시절 마기의 추억이 고스란히 담겨있는 장소다. 지금까지 1950~70년대 아이슬란드 농가의 모습이 그대로 남아있었다. 2층으로 올라가는 나무계단을 밟을 때마다 삐걱거리는 소리가 났다. 침대 위 꽃무늬 이불은 군나의 취향이겠지? 벽에는 세상 모든 엄마가 좋아하는 수예작품이 걸려있다. 털실로 만든 거위가 털실로 만든 구름을 지나 털실로 만든 하늘을 날고 있다. 잠시 다른 방을 정돈하러 들른 마기의 아들이 수다쟁이였다면 집을 꾸민 사람과 수예작품의 기원을 알고 있었을 텐데 아쉽게도 그는 엄마보다도 입이 무거웠다. 그렇다고 거만하거나 남을 무시하는 태도는 아니었다. 아이슬란드에서 산 심카드를 충전하느라 아이슬란드어를 해석해야 했을 때 그는 누구보다 진지하고 친절하고 신속하게 문제를 해결해 주었다. 아이슬란드인들의 입에서 나오는 영어는 미대륙의 그것과 같은 언어가 맞나 싶을 정도로 간결하고 군더더기가 없다. 추측건대 초록색으로 염색한 머리칼을 휘날리던 그는 마기의 세 번째 아들일 것이다.

"밴드에서 뭘 맡고 있죠?"

묻고 싶었는데 그러기에 그는 너무 과묵했다. 초록색 머리를 한 아들과 이에 질세라 머리칼을 핑크빛으로 물들인 아내는 소설가가 되는 쪽보다는 뮤지션이 되는 쪽을 선택했을 것 같았다. 아이슬란드 사람들은 해가 뜨지 않는 긴긴 겨울을 견디는 방법을 하나씩 가지고 있는데 그중 가장 애용되는 것이 책과 음악이다. 아이슬란드에는 '누구나 태어날 때부터 뱃속에 자신만의 책을 갖고 있다'는 속담이 있다. 10명 중 1명이 작가인 나라, 세계에서 가장 높은 출판율을 자랑하는 나라답다. 독서 토론 프로그램이 TV 황금시간대에 편성돼 높은 시청률을 기록하는가 하면, 크리스마스 인기 선물로는 언제나 책이 1위를 차지한다. 아이슬란드 소설가 솔비 비요른 시구르드손Sölvi Björn Sigurðsson은 BBC와의 인터뷰에서 '아이슬란드를 강타한 경제 위기의 원인을 파헤친 의회 특별조사위원회 보고서가 2010년 출간되자마자 난해한 내용과 2,000페이지가 넘는 방대한 분량에도 불구하고 순식간에 팔려나가 베스트셀러를 기록했을 정도'라며 '미장원에 가서 머리를 매만지는 동안에도 미용사와 올 크리스마스에 친지들에게 어떤 책을 선물하면 좋을지 토론을 벌이는 나라가 아이슬란드'라고 밝혔다. 그렇지만 아무리 생각해도 초록색 머리는 소설 쪽은 아닌 것 같았다. 아이슬란드에 있는 천 개의 레이블 중 하나를 짊어지고 있는 것이 더 어울린다.

"그런데 왜 화초를 신발에 심은 거죠? 신발장 위에 그거 말이에요."

아아 누구 없어요. 그림자도 보이지 않는 빈 마당에 대고 질문을 던진다. 좀 전에 마당에 있던 마기의 식구들은 엘프처럼 순식간에 사라졌다.

"아, 그거 트롤이 그랬어."

루카스가 말을 할 수 있다면 그렇게 대답했을 거다. 믿거나 말거나 신발에다 감자를 심어놓은 건 트롤의 짓이다. 때로는 엄청나게 큰 바위 같은 모습으로, 때로는 핀란드의 무민처럼 지나치게 귀여운 모습으로 묘사되는 트롤은 바이킹이 아이슬란드라는 섬을 찾아내기 전부터 이곳에 살아왔다. 레이캬비크 시내 서점에서 구입한 브라이언 필킹턴Brian Pilkington이 쓴 『트롤Trolls』을 펼쳤다. 그 책에 따르면 트롤은 코와 귀가 평생 자라며 뿔이 있는 트롤은 뿔이 없는 트롤을 불쌍히 여긴다고 했다. 누구나 자신도 트롤이 되고 싶다고 여길 만한 부분은 여기다. '트롤들은 가능한 잠을 많이 자기 위한 열망에 사로잡혀있다. 최고의 숙면 트롤은 다른 트롤들로부터 큰 존경을 받는다.' 어쨌든 아이슬란드에서 가장 유명한 트롤 그릴라Grýla의 13명 자식 중 하나가 신발에 감자를 던져놓았다.

그릴라는 어깨에 자루를 메고 버릇없고 무례한 아이들을 잡아간다고 알려졌다. 한반도의 어린이들이 떡 하나 주면 안 잡아먹는다는 두건 쓴 호랑이의 등장을 두려워한다면, 아이슬란드의 어린이들은 유년기에 그릴라의 악령에 시달린다. 반면 그릴라의 자식들은 아이슬란드 아이들에게 환영받는 존재다. 크리스마스가 되기 13일 전부터 크리스마스이브까지 매일 1명씩 마을로 내려와 창틀에 올려둔 아이들의 신발에 선물을 넣어놓고 간다.

그릴라와 자식들에 대한 장황하고 긴 얘기를 꺼낸 이유는 지금부터 시작된다. 13명의 트롤 산타클로스는 양초를 구걸하는 놈, 소시지를 훔치는 놈, 전통 요구르트 스키르를 먹고 가는 놈 등 성격도 각지각색인데 착한 아이에게는 달콤한 간식거리나 장난감을 주고 나쁜 아이에게는 썩은 감자를 주고 간다. 심술궂은 산타클로스다. 작년 홀무르에 찾아온 그릴라의 자식들은 창틀에 썩은 감자를 던져놓고 간 게 틀림없다. 썩은 감자에서 싹이 튼 신발을 쳐다보며 마기의 귀여운 손주들이 어떤 장난을 쳤는지 상상해 봤다. 엄마가 찬장에 숨겨둔 초콜릿을 훔쳐먹었거나 루카스의 귀를 잡아당기면서 귀찮게 했을 테지.

"와, 이 스키르 직접 만들었어요?"

이번엔 군나의 남편 마기에게 물었다. 다음 날 아침 조식이 마련되어 있는 헛간 레스토랑에서였다. 이 걸쭉하고 진하고 시큼한 유제품은 끈질기게 달라붙은 아침잠을 쫓았다.

"농장에서 짠 신선한 우유로 만들었어요. 플레인, 캐러멜, 딸기 맛 세 가지가 있으니까 많이 드셔. 다행히 마지막 아침 식사 손님이니까. 다른 음식도 다 우리가 직접 만든 거야."

우리는 빵과 버터, 절인 청어와 연어, 토마토, 스키르 3종과 각종 홈메이드 치즈가 담긴 커다란 뷔페식 대접의 바닥이 보일 때까지 포크를 놓지 않았다.

"진짜 맛있어요."
"그래요?"

주방을 통째로 그릴라의 주머니에 넣어가고 싶어

군나가 겸연쩍게 웃었지만 나는 그런 말을 한두 번 들어 본 표정이 아니란 걸 알아챘다. 다른 손님들이 몰랐을 리가 없다. 마기와 군나가 만든 음식이 아이슬란드에서 먹은 것 중 최고라는 걸. 레이캬비크 도시에서 냉동 패티를 튀겨서 내는 햄버거와 공장에서 만든 스키르 따위는 저리 가라. 이게 진짜다. 순간 그릴라의 주머니가 필요했다. 마기와 군나, 그리고 그들의 주방을 통째로 그릴라의 주머니에 넣어 가고 싶었다.

"청어 절임과 치즈, 스키르만이라도 트렁크에 가득 싣고 갈 수 없을까요?"

말수 없는 한국인은 이번에도 질문을 속으로 삼켰다.

"다음에 오면, 양 머리째로 찐 요리와 양의 피와 간으로 만든 소시지, 발효시킨 상어고기, 절인 숫양의 고환을 먹을 수 있는 거죠?"

마지막 질문은 짐을 싣느라 잊어버린 채 아이슬란드인의 일상에서 빠져나왔다.

아이슬란드 전통 음식에 관한 모든 것

talk with

에길 *Egil*

레이캬비크 푸드 워크의
공동 창립자이자 가이드

Q. 아이슬란드인들이 특별한 날 챙겨 먹는 특별한 음식이 있나요?

모두가 가장 기다리는 음식은 크리스마스이브 전야, 12월 23일에 먹는 '삭힌 홍어'에요. 보통 집에서 홍어를 발효시키는데 일부 아파트에서는 금지하기도 합니다. 왜냐면 냄새가 정말 상상 이상으로 지독하기 때문이죠. 그 냄새는 여기저기 달라붙어 떨어지지 않아요. 그래서 대부분의 아이슬란드 사람들은 삭힌 홍어를 먹는 날 자신이 좋아하지 않는 옷을 입고 나타나요. 심지어 삭힌 홍어를 먹은 다음 입고 있던 옷을 버리기도 해요. 냄새는 매우 강하지만 여전히 별미로 사랑받고 있어요.

Q. 수프 없는 아이슬란드인의 삶을 상상할 수 있어요?

아니, 상상도 할 수 없어요. 아이슬란드식 양고기 수프 없이 겨울을 나는 건 불가능하기 때문이죠. 추운 날씨에 몸을 덥히기에 최고입니다.

Q. 아이슬란드 핫도그를 부를 땐 필사*Pylsa*라고 해야 할까요? 아니면 풀사*Pulsa*라고 해야 할까요?

그건 아이슬란드에서 수십 년간 이어져 내려온 논쟁거리에요. 아쿠레이리가 고향인 나와 친구들은 언제나 '필사'라고 부릅니다. 아이슬란드 북부 사람들은 '필사'가 맞는다고 주장하기 때문이죠. 반면 수도인 레이캬비크 출신 사람들은 대개 '풀사'라고 불러요. 정말로 해결할 수 없는 논쟁거리에요.

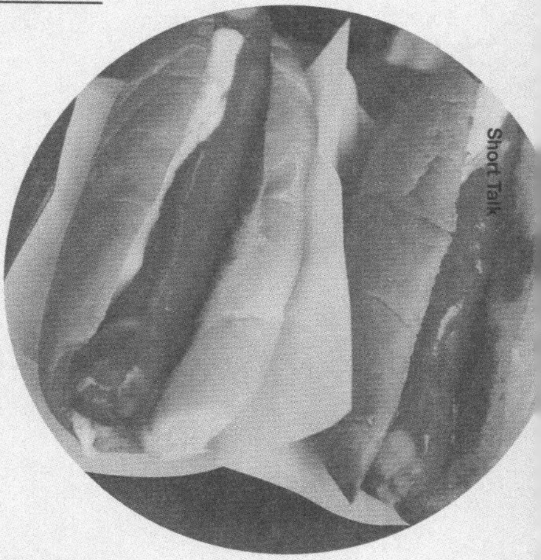

Q. 말린 대구, 즉 하르드피스쿠르*Harðfiskur*는 국민 간식이라고 들었어요. 하지만 그건 너무 딱딱하지 않나요? 맛있게 먹는 비법이 따로 있나요?

하르드피스쿠르는 우리가 정말 좋아하는 간식이에요. 반드시 버터에 찍어 먹어야 하죠. 그래야 촉촉해지고 맛이 완성됩니다.

Q. 아이슬란드 사람들 사이에서도 호불호가 나뉘는 음식은 무엇인가요?

전통 음식이지만 요즘 젊은이들이 폭넓게 즐기지 않는 몇몇 음식이 있어요. 삭힌 상어, 시큼한 숫양의 고환, 양 머리 요리 같은 음식이죠.

Q. 그런 특이한 재료들은 어디서 구할 수 있나요?

슈퍼마켓에서 쉽게 살 수 있어요. 상어고기는 언제나 판매대에 있지만 퍼핀은 사냥철에만 구할 수 있어요.

Q. 아이슬란드 음식에 대한 가장 큰 오해는 무엇인가요?

관광객뿐 아니라 아이슬란드 사람들도 삭힌 홍어, 상어, 양 머리 등 약간 기괴한 음식은 '나쁜' 전통이라고 생각하는 경우가 있어요. 하지만 예로부터 전해지는 음식 중에서 정말로 멋진 로컬 음식이 많이 남아 있어요. 레이캬비크 푸드 워크*The Reykjavík food walk*(레이캬비크 시내를 다니면서 13가지 로컬 음식을 먹는 투어)를 기획한 이유도 우리의 로컬 음식이 진짜로 멋지다는 걸 알리고 싶어서였습니다.

Q. 레이캬비크 푸드 워크에 참여하면 앞에 언급했던 요리를 모두 맛볼 수 있나요?

그렇진 않아요. 조금 기괴한 음식은 리스트에서 제외했어요. 대신 누구나 좋아할 만한, 아이슬란드에서만 유일하게 맛볼 수 있는 로컬 음식과 맛집을 소개하죠. 레이캬비크 푸드 워크는 새로운 친구를 만나는 여행이기도 해요.

Q. 자신의 투어 중에서도 가장 좋아하는 음식은 무엇인가요?

13가지 음식 모두 훌륭하지만 그래도 하나를 골라야 한다면, 디저트! 집에서 만든 아이슬란드식 호밀빵 아이스크림*Icelandic rye-bread ice cream*은 무척 맛있어요. 아이스크림은 가족끼리 만드는데 레시피는 가족들 외엔 아무도 모릅니다. 정말 특별하지 않나요?

The Reykjavík Food Walk

홈페이지 www.thereykjavikfoodwalk.com

10 인포메이션 센터를 찾습니다

마지막으로 쇼핑한 게 언제더라. 사흘 전, 싱벨리어 국립공원 초입에서 아이슬란드에서 자란 허브로 만든 화장품을 샀다. 그 뒤로 지갑에 크로나가 줄지 않았다. 슬슬 불안하고 돈을 쓰고 싶어 근질거린다. 자본주의의 딸로 살아온 지 어언 삼십 년. 쇼핑 금단현상은 생각보다 빨리 찾아왔다. 레이캬비크를 벗어나면 집 근처에 바로 은행, 편의점, 주유소 등 편의시설이 있을 거란 도시의 감각은 잊어야 한다. 작은 마을에서는 필요한 것이 있을 때마다 근처 중소도시로 수십 킬로미터를 달려간다. 소비를 부추기는 마케팅과 넘쳐나는 공산품이 있어야 할 자리엔 폭포와 빙하가 흐르는 땅이 있다. 땅을 보호하기 위해서 불편함을 기꺼이 감수한다는 생각. 지구에선 멸종된 줄 알았던 게 여기에 남아있었다.

6.26
HÖFN

PAKKHÚS
· RESTAURANT ·
1932
HUMAR
HALI
HUMAR
HALI
HUMAR
HALI
HUMAR
HALI

그러다 사막의 오아시스처럼 호픈이라는 도시가 나타났다. 익숙한 건물이 보인다. 해괴한 아이슬란드어로 적혀있지만 저건 분명히 슈퍼마켓, 헤어살롱, 그리고 주유소다. 그뿐인가. 호픈에는 전자제품 가게, 야외 수영장, 달리기 트랙, 9개의 홀이 있는 골프장, 빙하 박물관이 있다. 아이슬란드 남동쪽에서 두 번째로 큰 항구 도시엔 2,100명 정도가 모여 산다. 잠시 움츠러들었던 욕망이 깨어났다. '돈을 쓰자! 쓸데없는 걸 사자! 물욕을 채우자!' 공장식 사육에 반대하면서도 슈퍼마켓 마감 세일 때 떨이로 파는 삼겹살을 포기하지 못 하는 자본주의자의 민낯이란! 곧장 인포메이션 센터로 향한다.

아이슬란드를 여행하는 이에게 인포메이션 센터는 길잡이이자 만물상이다. 인포메이션 센터는 주변 지도와 마을에 대한 정보를 잘 갖추고 있다. 인포메이션 센터 직원만큼 마을에서 일어나는 일에 대해 잘 아는 사람도 없을뿐더러 아무리 멍청한 질문을 해도 핀잔을 주지 않는다. 초행인 사람을 바른길로 인도하는 것이 그의 임무이기 때문이다. 또 인포메이션 센터 구석의 기념품 판매대에서 예상치 못한 보물을 발견할지도 모른다. 지역 사람들이 만든 소소한 핸드메이드 제품이나 엽서, 열쇠고리를 향해서 쇼핑에 굶주린 좀비 셋은 인포메이션 센터 안으로 뛰어들어갔다.

현무암처럼 구멍이 숭숭 난 양초, 알록달록한 상상 속 화산을 재현한 초, 아이슬란드에서 난 광천수와 허브로 만든 비누, 호픈 근처 관광지가 그려진 엽서를 들었다 놨다 했다. 아이슬란드의 끔찍한 물가가 인포메이션 센터만 비껴갔을 리 없었다. 으리으리한 것을 기대한 사람은 실망할지도 모른다. 만듦새는 서촌이나 홍대를 걷다 만나는 아기자기한 소품 가게의 수준 정도였다. 투박하지만 대신 규격화된 관광상품이 아니라는 점이 관광객의 지갑을 열게 한다. 그러니 이 인포메이션 센터에 있는 물건이 저 인포메이션 센터에도 있을 거란 기대는 하지 마라. 한 번 지나간 것은 두 번 다시 돌아오지 않는다. 그 후 인포메이션 센터에서 쇼핑하는 데 중독된 우리 셋은 링로드를 달리는 '인포메이션 센터 사냥꾼'이 되었다.

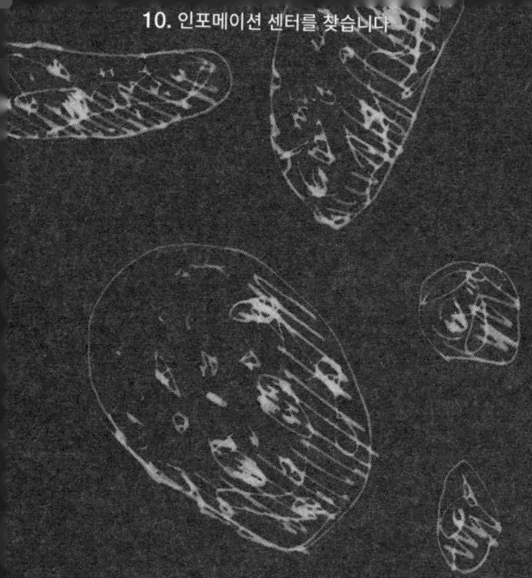

ðurljósakerti
úr ríki Vatnajökuls

인포메이션 센터 앞에 차를 세워두고 동네를 한 바퀴 돌아보기로 했다. 그날 잡은 신선한 청어 냄새가 바람을 타고 날아왔다. 호픈은 바다 쪽으로 튀어나온 지형으로 이루어져 삼면이 바다로 둘러싸여 있다. 인포메이션 센터 바로 앞바다에 작은 고깃배가 이른 새벽 일정을 마치고 쉬고 있다. 바닷가 냉동창고 중 하나는 해양 박물관이었다. 여기에 지난날 호픈의 고기잡이 역사가 숨 쉬고 있었다. 지금은 쓰지 않는 공중전화 크기만 한 무전기, 나무로 만든 통통배, 생선 기름으로 불을 밝히던 램프등이 묵은 생선 냄새와 함께 창고에 보관되어 있다. 아이슬란드의 인기 간식인 소금에 절인 생선은 백 년 전 모습 그대로 미라가 되었다. 지금 당장 그 위에 버터를 발라 마른 오징어처럼 질겅질겅 씹어먹거나 몇 시간 동안 물에 불려서 삶아 먹는다 해도 이상하지 않을 것 같았다. 여전히 아이슬란드에서는 생선을 말리거나 절여서 먹는다. 절인 생선엔 감자나 호밀빵을 곁들이는 게 정석이다.

발길 닿는 대로 마을을 돌아다녔다. 지도는 필요하지 않았다. 골목길에 접어들었다 싶으면 곧 큰길과 만났고 큰길은 곧 좀 전에 있던 자리로 데려다주었다. 6월 말, 마을은 온통 주황색 물결이었다. 대문에 커다란 리본을 달거나 나무를 주황색 리본으로 칭칭 감아놓았다. 인포메이션 센터 직원의 말에 따르면 곧 랍스터 페스티벌이 열린다고 했다. 매년 6월에 열리는 마을의 큰 행사다. 호픈에선 랍스터가 많이 잡힌다.

"호픈에서 하루 자고 랍스터 페스티벌을 보고 갈까요?"

일행은 페스티벌 스케줄을 훑어보고 대답했다.

"그 정돈 아닌데?"

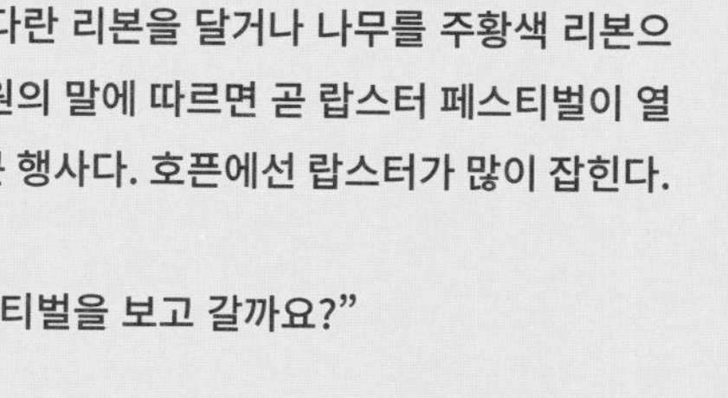

그 말인즉슨 '어쩌다 일정이 맞아서 동네 사람들이 모이는 축제에 슬쩍 섞이겠다는 가벼운 마음으로 참석한다면 딱 좋은 정돈데 이후에 예약해 둔 숙소를 다 취소하고 다시 예약하는 수고로움을 겪을 만큼 랍스터 페스티벌이 중요한 것 같진 않다'는 뜻이었다. 그리하여 그다음 날 랍스터 페스티벌의 일환으로 열리는 '굴포스 밴드와 밤새 댄스' 공연에 참석하거나, 레스토랑에서 제공하는 특별 메뉴를 맛보는 일은 다음번 아이슬란드 여행의 숙제로 남겨뒀다. 여름철 여행 성수기엔 아이슬란드의 관광객을 꾀어내어 지갑을 열게 하기 위한 페스티벌이 섬의 전역에서 열린다. 아이슬란드 여행자 동맹은 비공식적으로 '미리 숙소만 정해놓지 않았더라면 직접 참여해 보고 실망하는, 소중한 경험을 했을 텐데….'하고 아쉬워하는 바다. 어차피 여행이란 인생의 축소판이고 인생이란 실패의 연속이니까 알면서도 속는 경험 또한 여행지에선 귀하다.

'1시간 전에 호픈에 도착했는데 곧 떠나요.' 우연히 찾은 우체국에서 한국에 계신 부모님께 엽서를 썼다. "이 엽서 얼마예요?" "국제 우표는 얼마죠?" 분명히 이 엽서가 나보다 늦게 도착할 테지만 충동구매를 참을 수가 없다. 한국까지 가는 엽서 한 장에 120크로나, 우표 한 장에 240크로나. 한화로 총 3,450원. 멀리 아이슬란드에서 딸이 보낸 엽서를 받고 좋아할 엄마의 마음을 사는 가격치곤 꽤 저렴하다. 점퍼 주머니 속엔 호픈에 사는 수공업자가 만든 비누가 들어 있었다. 비누의 가격은 800크로나. 그건 미래의 나에게 보낸다. 거품을 낼 때마다 '호픈에 다녀왔노라!'고 떠올리도록! 비용은 선불로 지급했으니 지난 여행의 기억을 꺼내는 건 무료라는 쪽지를 함께 동봉한다.

ÍSLAND
50g UTAN EVRÓPU
HAFURSEY
63°31,3843'N 18°47,1441'W
2013

아이슬란드 작은 마을의 웃기고 진지한 축제

Aldrei Fór ég Suður

알드레이 포르 예그 수두르

페스티벌의 이름은 '나는 남쪽에 전혀 가본 적이 없어요*I Never Went South*.' 매년 3월 말, 부활절이 있는 주에 아이슬란드의 북서쪽에 있는 반도 이사피요르드*Ísafjörður*에서 열리는 뮤직 페스티벌이다. 독특한 이름대로 고향보다 남쪽에 있는 레이캬비크로 이주하지 않고 동네에 남아 꾸준히 음악을 하고 있는 뮤지션들과 레이캬비크에서 초청한 뮤지션의 공연이 나란히 펼쳐진다. 인상적인 건 옥외 간판도, 과격한 경호원도, 복잡한 발권 시스템도, 페스티벌 팔찌도, 술 취한 난동꾼도 없다는 것. 음악을 들려주고자 하는 사람과 음악을 듣고자 하는 사람만이 존재하는 자본주의를 역행하는 순수한 형태의 뮤직 페스티벌이다.

모든 공연은 무료로 개방되며 할아버지와 손주가 손을 잡고 공연장에 오는 진귀한 광경도 목격할 수 있다. 페스티벌 기간에는 시내의 바와 카페도 작은 실내 파티장으로 변신한다. 아이슬란드 팝의 전설이든 지방의 무명 밴드든 모든 공연자에게 따뜻한 환호성을 퍼붓는 장면을 직접 목격하길.

aldrei.is

Skjaldborg

스캴드보르그

2007년부터 시작되어 10주년을 맞이한 다큐멘터리 영화제다. 수영장 하나, 레스토랑 둘, 게스트하우스 네 개가 전부인 놀랍도록 작은 어촌마을, 파트렉스피요르드*Patreksfjörður*에서 매년 5월 개최된다. 아이슬란드 서쪽에 있는 피요르드다. 영화제 측은 제한된 TV 채널, 스크린 수에 불만을 토로하며 러닝타임이 아주 길거나, 아주 짧거나, 연출이 기괴하거나, 제작비가 아주 싼, 아이슬란드 다큐멘터리를 골라서 상영한다. 다시 말해서, 이 영화제에 참여하지 않으면 다시는 볼 수 없는 영화들이다. 영화제의 이름은 지역의 유서 깊은 극장 이름과 같은데 관람객들은 매년 조악한 상영관에서 마법처럼 영화가 돌아가는 걸 놀라워한다는 소문.

영화제 기간에는 작은 마을이 아이슬란드 전역의 독립 다큐멘터리 제작자와 새로운 영화를 찾아 유럽을 헤매는 씨네필로 가득 찬다. 비록 훌륭한 사운드 시스템이나 아이맥스관을 갖추거나 유명한 배우가 참여하진 않지만 영화광이라면 3박 4일간 감독과 관객과 영화제 관계자, 그리고 마을 주민들이 한데 얽혀 영화를 보고 밥을 먹고 영화에 대해 토론하는 경험을 즐길 수 있을 것이다. 축제의 끝엔 관객들의 투표로 최고의 다큐멘터리 상을 수여한다.

skjaldborg.com

Humarhátíð á Höfn

휴마르하우티드

아이슬란드 남동부 도시, 호픈에서 열리는 랍스터 페스티벌. 1993년부터 매년 6월 마지막 주 혹은 7월 첫 주 주말에 열린다. 왁자지껄하게 미쳐서 날뛰는 분위기라기보다 남녀노소 누구나 즐길 수 있고 가족끼리 구경하기 좋은 분위기. 마을 사람들은 집집이 랍스터를 상징하는 주황색 리본으로 나무와 외관을 장식하고 집에 있는 온갖 주황색 옷을 머리부터 발끝까지 걸치고 나와 축제를 즐긴다. 특별한 것 없이 술을 많이 마시고, 곡을 연주하고, 퍼레이드를 하기 때문에 드링크 앤 펀 페스티벌*Drink and Fun Festival*이라고 불리기도 한다. 페스티벌 기간엔 마을의 여러 레스토랑에서 랍스터로 만든 요리를 맛볼 수 있지만 아쉽게도 페스티벌 기간이라고 할인을 해 주는 건 아니다. 그래도 곳곳에서 홈메이드 랍스터 수프를 나눠주는 마을 사람들 덕분에 몸과 마음이 따뜻해진다. 축제의 하이라이트는 공터에 모여 '세상에서 가장 긴 샌드위치'를 만드는 걸 구경하고 나눠 먹는 행사다. 믿을 수 없겠지만 샌드위치의 길이는 매년 조금씩 더 길어지고 있다고 한다.

www.facebook.com/Humarhatid

LungA Art Festival

룽아 아트 페스티벌

세이디스피요르드*Seyðisfjörður*는 아이슬란드에서는 베를린에 비견될 정도로 아이슬란드 힙스터들의 사랑을 받는 아이슬란드 동부 도시다. 세이디스피요르드의 진면목을 보려면 매년 7월 중순 열리는 룽아 아트 페스티벌에 참여할 것. 이 페스티벌은 기존의 아트 페스티벌처럼 만들어진 작품을 초청해 전시하기보다는 작품을 만들어가는 과정에 주목하는 크리에이티브 페스티벌로, 전 세계의 창의적인 젊은이를 한데 모으는 데 의의가 있다. 페스티벌 기간에는 평화로운 마을 전체가 예술로 물들며 곳곳에서 워크숍과 전시, 공연이 펼쳐진다. 예술가 꿈나무라면 구경만 하지 말고 직접 워크숍에 참여해 다양한 예술가들과 적극적으로 소통해 보길 권한다. 예술과 문화를 논하고 먹고 떠들며 서로를 이해하고 함께 무언가 만들어가고 기뻐하는 과정 자체가 예술이라는 걸 깨닫게 될 것이다.

lunga.is

Fiskidagurinn Mikli

피스키다구린 미클리

아이슬란드 북부, 아쿠레이리에서 45km 정도 떨어진 달비크*Dalvík*에서 열리는 축제. 이름 그대로 '위대한 생선의 날*The Great Fish Day*'이다. 매년 8월 첫째 주 또는 둘째 주 토요일에 달비크 항구에서 11:00-17:00 동안 만선을 축하하고 기원하는 행사가 열린다. 2,100명 정도 되는 근교 주민들이 한데 모이는 제법 큰 규모의 축제다. 항구에는 달비크 근해에서 많이 잡히는 대구, 연어, 메기 등을 이용한 다양한 물고기 요리 뷔페가 펼쳐지고 모든 요리는 무료로 제공된다. 구운 생선을 넣은 햄버거, 아이슬란드 통밀빵과 청어, 말린 생선과 절인 생선 등 아이슬란드 북부 지역의 요리를 마음껏 맛볼 것! 그 외에도 시트러스와 향신료를 넣어 조리한 송어, 아시아 남부식으로 마살라와 코코넛 밀크를 끼얹은 대구, 토마토, 올리브, 마늘에 곁들인 절인 대구 등 생선을 맛있게 먹는 새로운 방법도 선보인다.

축제에 참여할 예정이라면 하루 일찍 금요일에 도착하는 게 좋다. 전야제의 일환으로 주민들이 자신의 집이나 정원에서 생선 수프를 나눠 주며 함께 '위대한 생선의 날' 노래를 지어 부르는 전통이 있다.

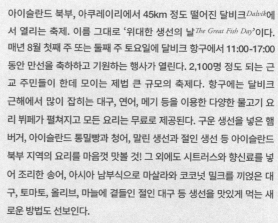

"만선의 날, 배를 가득 채우고 빛나는 바다를 바라보면
그냥 감사하다는 말이 나와~."

이런 노래가 마을에 울려 퍼진다.

www.fiskidagurinnmikli.is

11

피요르드에 숨은 서커스단

호픈을 떠나면서 우리는 서커스단의 꽁무니를 쫓게 되었다. 그러다 아이슬란드의 동쪽 곶에 있는 작은 마을 듀피보구르Djúpivogur의 카페에서 실체를 만났다. 우리가 카페에 들어서자 막 공연을 끝낸 서커스단이 서둘러 짐을 챙겨 밖으로 나갔다.

"서커스 공연이 있었나 봐? DJ 박스도 있어. 조금만 일찍 왔으면 볼 수 있었을 텐데….”

"선배, 저 사람들 호픈에서도 공연했어요. 호픈 인포메이션 센터에서도 공연 정보를 본 것 같아요.”

"그래? 우리가 쫓아다니는 거야?”

6.26 DJÚPIVOGUR STÖÐVARFJÖRÐUR

결과적으로는 추격전이 되었지만, 5분 전만 해도 한국에서 온 비무장 추격자들은 화장실이 급했을 뿐이다. 링로드를 따라 호픈에서 에이일스타디르Egilsstaðir로 가는 길, 생리 현상을 해결하러 듀피보구르에 들렀고 마침 카페가 눈에 띄었다. 맹세코 거기에 서커스단이 있을 거라곤, 우연히 들어간 랑가부드Langabúð라는 카페가 1790년부터 존재했던 유서 깊은 건물이라곤 상상하지 못 했다.

서커스단이 떠난 곳에서 커피를 마셨다. 랑가부드 카페는 공연하기엔 조금 작은 규모였다. 오래된 목재 건물이라 사자가 불타는 훌라후프 안을 통과하는 건 엄두도 못 냈을 거다. 아마도 신중하게 선택한 음악에 맞춰 저글링을 선보이지 않았을까. 온통 검은 옷을 입은 사내 둘이 카페 벽에 전시 중인 지역 아티스트의 검고 흰 사진과 그림 앞에서 공연을 펼치는 모습을 상상해 봤다. 기괴하다. 신비롭다. 환상적이면서도 우울하다. 그런 표현이 어울린다. 벽에는 먼지같이 생긴 나이트메어가 튀어나오는 그림, 서커스단을 찍은 흑백 사진, 주술을 섞어놓은 듯한 타투 아티스트의 작품이 전시되어 있었다.

오래된 나무 냄새가 났다. 이 건물은 2백 년 넘게 부두 옆 언덕에 서서 섬이 덴마크에 지배를 받을 때부터 독일의 한자동맹Hanseatic League 상인들이 듀피보구르 항구에 드나드는 것까지 모두 지켜본 호호 할아버지다. 아마 마을에서 가장 나이가 많을 거다. 마을 사람들이 참새방앗간처럼 들러 카페 주인에게 마을에서 일어난 일을 시시콜콜 얘기할 것이 분명했다. 수다에 절인 청어 요리와 당근 케이크, 치즈 케이크, 바에 진열된 로컬 맥주와 여러 종류의 독주를 곁들이면서 말이다. 커피 한 모금이 들어가니 온몸에 따뜻한 기운이 돌았다. 아무도 일어서잔 얘기가 없었다.

"솔직히 말해 봐요. 우리 지쳤잖아요."
"하하하. 맞아, 이 여행엔 주말이 없어."

그런 핑계로 엉덩이가 자꾸 무거워졌다. 물론 12유로만 내면 따뜻한 수프와 빵, 무한리필 커피를 마실 수 있다는 점도 크게 한몫했다. 물끄러미 맞은편 테이블에 앉은 머리가 희끗희끗한 할아버지를 쳐다봤다. 토요일 오후에 노인은 화산 위에 서 있는 마녀를 털실로 새기느라 정신이 팔려있다. 그 옆엔 카페 옆 박물관에 견학 온 아이

Djúpivogur

Langabúð

슬란드 초등학생 무리가 제법 진지한 태도로 해설자의 말에 귀를 기울이고 있었다. 박물관에서는 마을의 역사와 조각가이자 화가인 리카르드 욘손Ríkarð Jónsson 등 다양한 작가의 작품을 전시 중이었다.

"근데 우리가 오늘 가려는 데는 어디야?"
"피요르드요. 피요르드를 따라서 도로가 나 있어요."

앞서 폭포를 잇던 링로드는 바다를 지나 피요르드로 이어졌다. 나와 동료들은 잊고 지내던 밥 로스 아저씨를 오랜만에 불러봤다.

"와! 이건 마치….."
"밥의 작품 같아."
"밥이 그린 거지."

아이슬란드 유행어가 다시 등장했다. 그만큼 피요르드는 아름다웠다. 빙하가 만들어낸 U자곡, 맞은편 산꼭대기에 자리 잡은 만년설, 만년설이 녹아 흐르는 수없이 많은 폭포, 가느다랗고 여린 여름 폭포의 물줄기. 그건 정말 그림을 찢고 나온 것처럼 아름다웠다. 문제는 여행자다. 빙하 지역에서 시각적 충격을 받은 우리는 어떤 걸 보아도 심드렁한 증상에 시달렸다.

피요르드의 협만을 따라 생긴 링도로는 관광객들이 피요르드의 깊숙한 곳까지 구석구석 살피도록 설계되어 있었다. 링로드는 파스크루스피요르드Fáskrúðsfjörður, 레이다르피요르드Reyðarfjörður, 세이디스피요르드를 차례로 지난다. 세 개의 피요르드는 일란성 세 쌍둥이처럼 아름답다. 그런 기복 없는 아름다움은 운전자에게 독이 된다. 아이슬란드인들은 고향을 물을 때 '어느 피요르드에서 왔니?'라고 묻는다지만 이방인에겐 몇 번째 피요르드를 지나는지 분간해내는 게 고역이다. 곁눈질로 운전자가 눈을 3초 이상 감고 있는지 살펴봐야 한다.

"맞은편에서 차가 오니까 반갑다."

운전대를 잡은 선배가 졸음과 사투를 벌이며 겨우 입을 뗐다. 계속 전진하며 앞서 가는 양 엉덩이나 세는 것이 오늘의 일과다. 저 앞에 7번째, 8번째, 9번째 양의 엉덩이가 보였다. 도로를 걷던 양은 차가 가까이 다가가자 후다닥 아래로 내려갔다. 이 와중에 BGM으로 나오던 비틀스의 노래 'Mother Nature's Son'을 도저히 끝까지 들어줄 수 없었다. 아니나 다를까 목가적인 멜로디가 지루함을 더한다는 야유가 쏟아졌다.

그때부턴 자연보다는 피요르드 옆구리에 둥지를 튼 작은 마을이 눈에 들어오기 시작했다. 마을 선착장에 배가 겨우 열 대 미만, 집이 스무 채도 되지 않는 동네였다.

"근데 아까 카페에서 본 서커스단은 어디로 갔을까요?"

"찾았어!"

이번엔 우리가 앞섰다. 스터드바르피요르드Stöðvarfjörður의 인포메이션 센터 알림판에 서커스단의 저글링쇼 포스터가 붙어있었다. 내일 오후 공연. 장소는 아이슬란드어라 확인 불가. 중고 물건 거래와 취미 활동을 공유하는 쪽지 사이에서 그들을 발견했다. 같은 시기에 링로드를 여행하는 사람들에겐 우연한 만남이 잦다.

스터드바르피요르드는 언뜻 보기에도 쇠락한 어촌마을이었다. 그래도 마을 초입에 여행자를 위한 인포메이션 센터가 있었는데 그 안에 안내소, 편의점, 휴게소, 장난감 가게, 기념품 판매점, 게시판을 모두 한군데 몰아넣고는 마을의 공공서비스를 독점하고 있었다. 200명 정도의 주민이 살고 있는 작은 마을. 마을 경제를 책임졌던 생선 가공 공장이 2005년 경영 악화로 문을 닫자 실업자가 늘어났고 은행, 우체국이 문을 닫았다는데… 서커스단이 저물어가는 작은 마을을 찾아온 이유는 뭘까?

단서를 찾아 인포메이션 센터 뒤편 그래피티로 뒤덮인 건물로 갔다. 1990년대 베를린에서처럼 젊은 아티스트들이 문 닫은 공장을 불법으로 점거했기를 기도하면서! 누군가 우릴 반겨줄지도 모른다는 희망은 금세 사라졌다. 문은 굳게 닫혀 있었다. 크리에이티브 센터라고 쓰인 간판 아래 작품 판매 공간은 월, 화, 수요일 정오에서 4시까지만 문을 연다는 야박한 안내 문구가 보인다.

이 미스터리한 건물은 마을에서 만든 아티스트 레지던시였다. 생선 공장이 문 닫은 이후 더는 마을이 자생적으로 지속할 수 없다는 걸 알게 된 사람들은 외부인이 들어와 살 수 있도록 프라하 14구역에서 활동하는 커뮤니티 그룹 히어HERE의 도움으로 크리에이티브 센터를 설립했다. 마을을 먹여 살리던 생선 공장은 아티스트의 작업실로 변신해 화가, 금속 디자이너, 도예가 등 아티스트들의 베이스캠프가 되었다. 레이캬비크로 출퇴근할 수 없으니 2분 거리에 아티스트가 입주할 수 있는 숙소도 마련했다. 마을에서 일어나는 모든 예술활동을 아우르는 프로젝트의 이름은 "우리는 서로 잘 알고 있나요?"다. 앞서거니 뒤서거니 하며 길동무를 했던 서커스단은 우리보다 먼저 이 마을의 존재를 알고 있었던 거다. 피요르드 안쪽에서 강하게 풍겨오는 동료 예술가들의 기운을 감지했거나 레지던시에서 자원봉사자들이나 공연을 하러 온 뮤지션들이 묵어간다는 사실을 친구에게 들어 알고 있었을 테지.

추적은 여기까지다. 그날 저녁 서커스단이 피요르드 마을에 남아 내일 있을 공연을 연습할 사이 우리는 산을 넘었다. 아이슬란드 동쪽 피요르드 지역을 벗어나자 서커스단의 흔적은 신기루처럼 사라졌다.

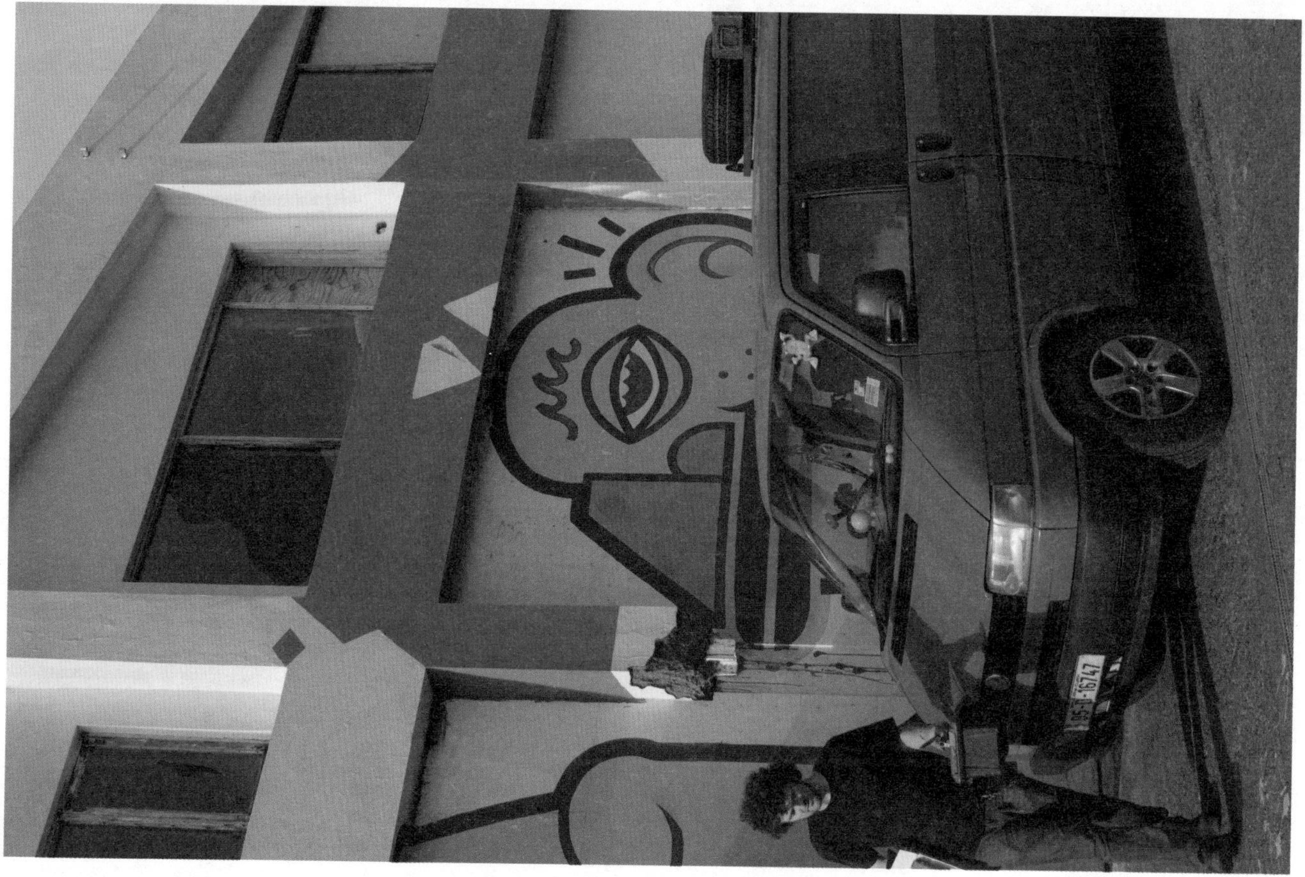

12 네가 누구든, 디터 로스를 알든 모르든

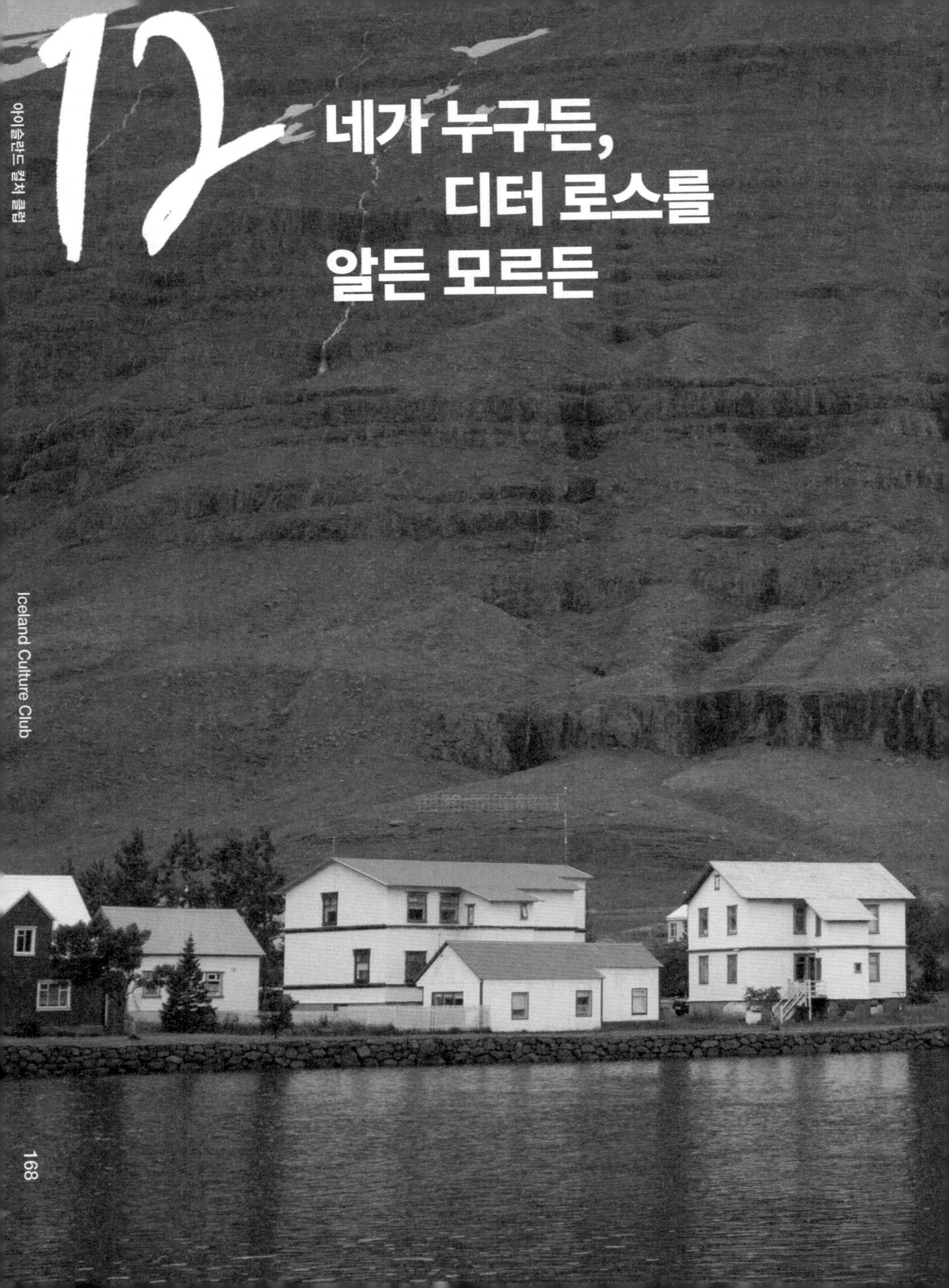

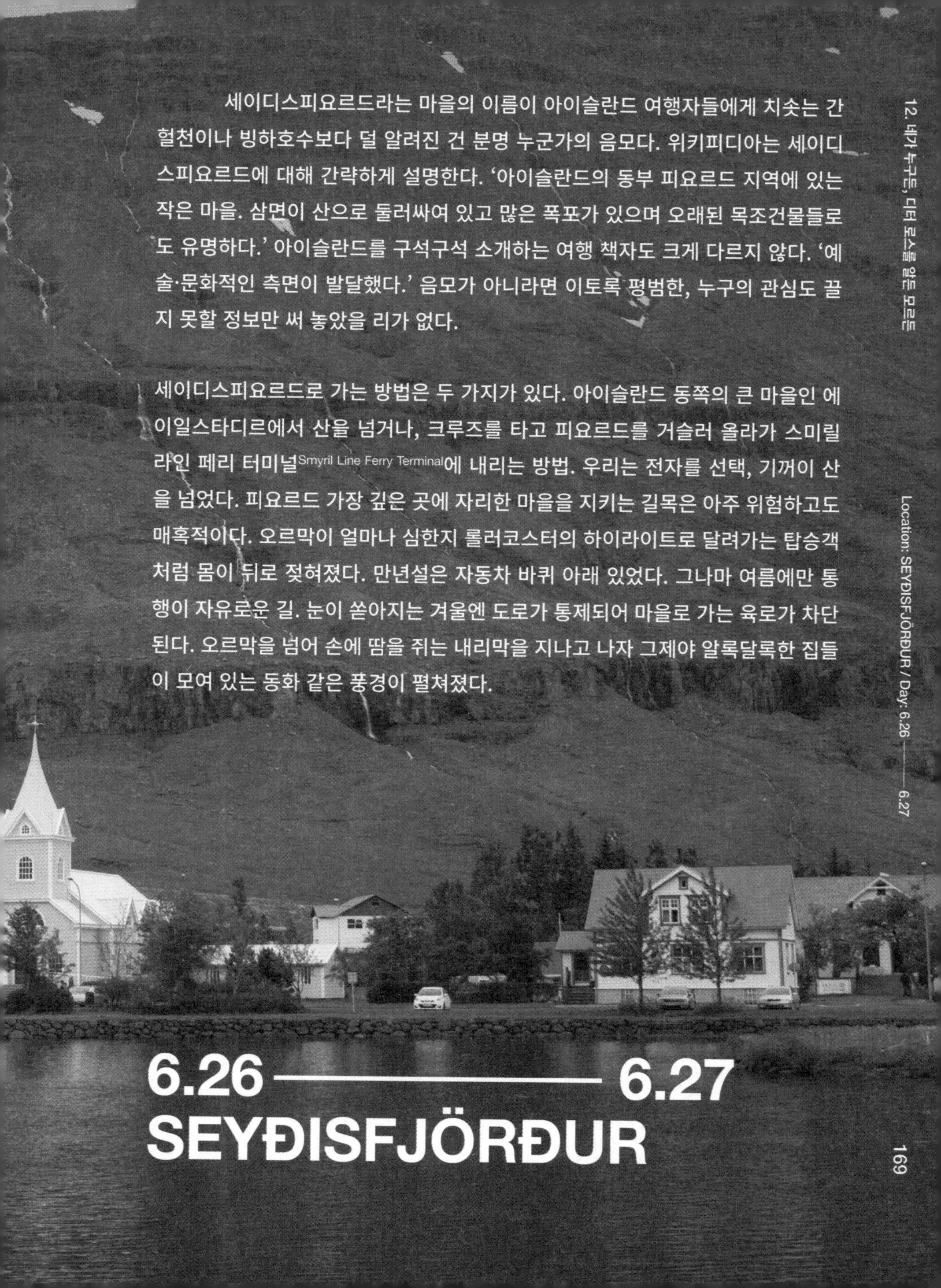

세이디스피요르드라는 마을의 이름이 아이슬란드 여행자들에게 치솟는 간헐천이나 빙하호수보다 덜 알려진 건 분명 누군가의 음모다. 위키피디아는 세이디스피요르드에 대해 간략하게 설명한다. '아이슬란드의 동부 피요르드 지역에 있는 작은 마을. 삼면이 산으로 둘러싸여 있고 많은 폭포가 있으며 오래된 목조건물들로도 유명하다.' 아이슬란드를 구석구석 소개하는 여행 책자도 크게 다르지 않다. '예술·문화적인 측면이 발달했다.' 음모가 아니라면 이토록 평범한, 누구의 관심도 끌지 못할 정보만 써 놓았을 리가 없다.

세이디스피요르드로 가는 방법은 두 가지가 있다. 아이슬란드 동쪽의 큰 마을인 에이일스타디르에서 산을 넘거나, 크루즈를 타고 피요르드를 거슬러 올라가 스미릴 라인 페리 터미널Smyril Line Ferry Terminal에 내리는 방법. 우리는 전자를 선택, 기꺼이 산을 넘었다. 피요르드 가장 깊은 곳에 자리한 마을을 지키는 길목은 아주 위험하고도 매혹적이다. 오르막이 얼마나 심한지 롤러코스터의 하이라이트로 달려가는 탑승객처럼 몸이 뒤로 젖혀졌다. 만년설은 자동차 바퀴 아래 있었다. 그나마 여름에만 통행이 자유로운 길. 눈이 쏟아지는 겨울엔 도로가 통제되어 마을로 가는 육로가 차단된다. 오르막을 넘어 손에 땀을 쥐는 내리막을 지나고 나자 그제야 알록달록한 집들이 모여 있는 동화 같은 풍경이 펼쳐졌다.

6.26 —— 6.27
SEYÐISFJÖRÐUR

만약 아이슬란드에서 한 달간 살아보라고 한다면 망설임 없이 세이디스피요르드를 선택할 거다. 그 마음은 링로드 일주를 끝내고 아이슬란드를 떠날 때까지 변하지 않았다. 무엇보다 트립어드바이저의 높은 평점을 믿고 예약한 세이디스피요르드 호스텔Seydisfjordur Hostel Hafaldan이 맘에 쏙 들었다. 호스텔은 오래된 병원을 고쳐 만들었는데 라운지의 흔들의자에 앉아서 여행정보를 검색하다 고개를 들면 피요르드의 만년설이 보였다. 공동으로 부엌에서 밥을 먹다가도, 화장실에서 볼일을 보다가도 만년설을 볼 수 있었다. 어디서나 마을을 사방으로 둘러싸고 있는 피요르드 산맥이 보였고 눈이 마주칠 때마다 잠시 하던 일을 멈췄다. 삶이 예술이 되는 순간이었다. 만약 오래된 목조건물과 빈티지한 가구, 친절한 호스텔 스텝 대신 콘크리트로 지은 새 호텔, 격식을 차린 컨시어지가 그곳에 있었다면 감흥이 조금 덜했을 것이다. 삐거덕거리는 나무복도를 지나 손때묻은 손잡이를 돌린 다음 드러누운 매트리스는 친구네 집의 그것처럼 편안했다. 세이디스피요르드 곳곳에 이런 목조건물이 여러 채 보존되어 있다.

이 기회를 빌려 여행자 대표로 소라 구드문스도티르Þóra Guðmundsdóttir에게 고마움을 전한다. 소라는 오래된 집의 수호자다. 그녀는 세이디스피요르드에서 태어나고 자랐다. 1975년 페리가 피요르드 지역을 오가기 시작했던 시기, 덴마크에서 건축을 공부하고 고향으로 돌아왔다. 소라는 항구 근처 기숙사 건물을 여행자의 천국으로 변화시켰고 그때부터 마을의 오래된 집을 보호하는 데 앞장서고 있다. 근대 가옥의 중요성을 사람들에게 알렸고 이 지역 오래된 집에 관한 책을 출간하기도 했다. 그 결과 근대와 현대가 오묘하게 어우러진 마을의 독특한 풍경을 지금껏 유지하고 있다. 우리가 머물고 있는 세이디스피요르드 호스텔 또한 소라의 작품. 참고로 2015년 국제 유스호스텔 연맹에서 꼽은 최고의 호스텔로 선정되었다.

더불어 감사의 인사를 전해야 할 인물이 한 명 더 있다. 시, 연주, 작곡, 판화, 조각, 설치, 페인팅, 아티스트 북, 그래픽 디자인, 영화 등 예술이라 칭할 수 있는 모든 장르를 오갔던 아티스트 디터 로스Dieter Roth다. 디터 로스는 독일 하노버에서 태어나 스위스에서 교육을 받았으며 바젤, 베른, 코펜하겐, 뉴욕을 중심으로 예술 활동을 이어간 국제적인 아티스트다. 생의 마지막 10년간 아이슬란드인이었던 아내와 함께 세이디스피요르드에서 살았다. 세이디스피요르드가 아이슬란드 동부 지역 예술의 중심지가 된 건 순전히 디터 로스와 유럽을 오가는 페리 덕분이다.

세이디스피요르드에는 디터 로스의 친구와 동료, 제자, 젊은 아티스트들이 페리를 타고 모여들었다. 그리고 디터 로스가 사망하던 해인 1998년 세이디스피요르드의 예술 애호가들이 베일에 싸인 예술가 그룹인 스카프타펠 재단을 설립하고 마을과 국내외 아티스트를 잇는 교두보 역할을 하기 위해 스카프타펠 아트 센터를 건립했다. 스카프타펠이라, 익숙한 이름이다. 그렇다. 우리가 며칠 전에 지나온 거대한 빙하로 이루어진 국립공원의 이름이다. 우리나라로 치면 설악 재단 또는 금강 재단 같은 느낌. 이 나라와 자연에 대한 자부심이 느껴지는 이름이 틀림없다. '스카프타펠 그룹은 전시회와 교육, 레지던시 프로그램을 통해 아티스트를 양성하고 세상에 내보내는 데 헌신한다' 공식적으로 선언한 바와 같이 그들은 지난 10년간 성실하게 헌신해왔다. 마을의 자랑스러운 근대식 건물에 자리한 아트 센터에서는 수많은 현대미술 작가의 전시가 열리고 레지던시 프로그램을 열어 외국 작가들을 작은 마을로 초청한다. 주로 젊고 실험적인 아티스트들이다. 세이디스피요르드에 있는 초등학교에서 예술 관련 수업을 진행하는 것도 게을리하지 않는다. 덕분에 마을엔 자연스럽게 예술적인 분위기가 형성되어 있었다. 길을 걷다 만나는 아티스트와 벽면을 가득 채운 그래피티, 생뚱맞은 위치에 생뚱맞게 서 있는 설치작품이 '어서 와, 세이디스피요르드는 처음이지?'하고 말을 건넸다.

Dieter Roth

kaftfell art Center

세이디스피요르드에서 자발적 산책자가 됐다. 오래된 것은 오래된 대로 힙한 것은 힙한 대로 그 자리에 있었다. 20시간 동안 세이디스피요르드에 머물렀던 우리의 추천 코스는 다음과 같다.

마을의 랜드마크인 하늘색 교회를 찾아 기념사진을 찍는다. 교회 바로 앞에 있는 빈티지 소품 가게에서 화병, 조명, 가구 등 사고 싶은 물건을 잔뜩 골라 딱 하나만 계산한다. 잔잔하게 물결치는 피요르드 주위를 천천히 걷는다. 100년 된 오르간이 있는 카페에서 느긋하게 커피를 마신다. 동네 재주꾼들의 물건을 파는 가게에 거침없이 들어가서 반딧불 무늬가 있는 스웨터나 추운 겨울에 야외에서 맥주를 마실 수 있는 털 장갑의 가격을 물어본다. 스카프타펠 아트 센터에서 열리는 전시를 둘러보고 1층에 있는 레스토랑에서 오늘의 메뉴로 허기를 채운다. 그러고도 시간이 남으면 산 중턱에 있는 독일인 아티스트 루카스 퀴네Lukas Kühne의 사운드 조각작품을 찾아 나선다.

운 좋게 여름날 마을에 도착해 하늘색 교회에서 열리는 수요 음악회에 참석하든 아니든, 스카프타펠 레스토랑에서 식사하는 동안 당신 옆에 디터 로스의 유작이 전시되어 있다는 걸 눈치챘든 아니든, 오르막길이 힘들어 독일인 아티스트의 작품까지 이르지 못하고 옆길로 샜든 아니든, 네가 누구든, 말과 피부와 고향이 얼마나 다르든 세이디스피요르드를 좋아하게 될 것이다.

마을이 가장 붐비는 때는 7월 중순 룽아 아트 페스티벌이 열리는 때다. 1년에 한 번 일주일간 열리는 축제로 이 기간에는 록 페스티벌에 참석하는 듯 눈에 띄는 복장을 차려입은 젊은이들이 작고 평화로운 시골 마을을 활보한다. 물론 이런 내용도 안내책자에는 나와 있지 않다. 룽아 아트 페스티벌 측은 이 페스티벌이 창의적인 사람들을 한데 모으고 예술과 문화에 대한 인식을 강화하는 데 초점을 맞춘 세계 최초의 페스티벌이라고 자평한다. 헤어드라이어와 수족관으로 만든 악기가 연주되고 오트 크튀르와는 전혀 거리가 먼 패션쇼가 열리고 부조리극이 연극 무대에 오를 때 다시 한 번 세이디스피요르드에 반한다.

부디 이 글을 읽은 당신도 공범이 되어주길 바란다. 세이디스피요르드의 매력을 다른 이에게 폭로하지 말아달라. 혼자만의 비밀스러운 여행지로 남겨두고 싶단 유혹을 떨쳐내고 펜을 든 자의 부탁이다. 언젠가 세이디스피요르드에 다녀온다면 먼저 다녀간 여행자들의 못된 심보를 이해할 것이다. 친구들에게는 그저 '아이슬란드의 동부 피요르드 지역에 있는 작은 마을'이라고 둘러대고 싶은 마음을.

어서와 처음이지?

Location: **SEYÐISFJÖRÐUR / Day: 6.26 —— 6.27**

세이디스피요르드의 예술적인 장소들

1. Tvisongur Sound Sculpture
2. Hvernig gengur…?
3. Skaftafell-Center for Visual Art
4. Local Crafts Market
5. The Bookshop -projectspace
6. Blue Church
7. Gullabuid Boutique
8. HEIMA Collective
9. The LungA School
10. Útlínur
11. Geiri's house

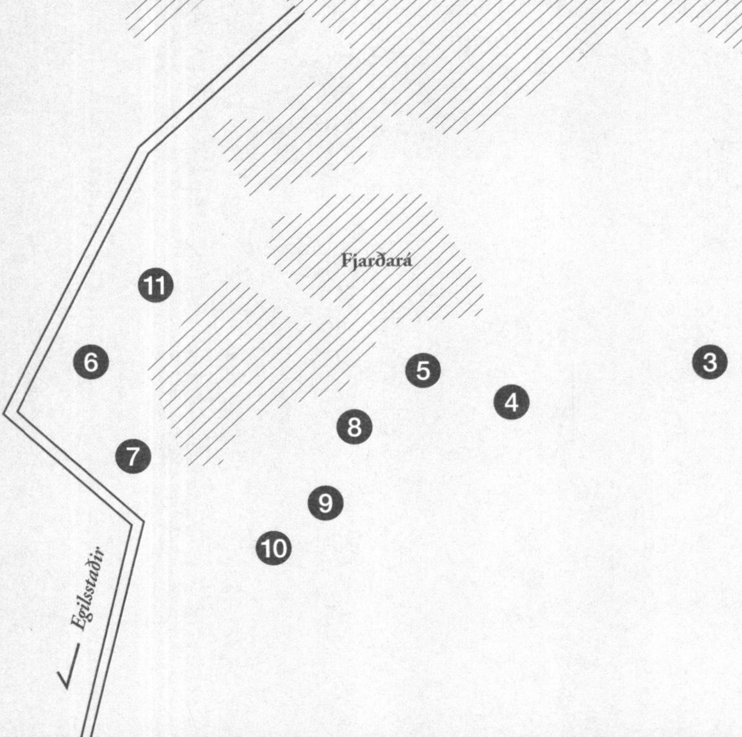

❶

❷

2 Hvernig gengur…?

크베르닉 겐구르…?

외딴곳에 놓인 낡은 전화 부스는 아이슬란드 아티스트 구드욘 케틸손*Guðjón Ketilsson*의 작품으로 작품명은 "어떻게 지내…?"라는 뜻이다. 이 작품은 스코틀랜드와 아이슬란드 사이에 첫 번째 전보가 오간 지 100주년을 기념해 세웠다. 1906년에 세이디스피요르드에 설치되었던 전보는 외딴섬과 유럽 대륙을 잇는 최초의 통신이었다. 이 공중전화 부스에 부여된 전화번호 +354-566-1906으로 전화를 걸면 당시 오갔던 첫 번째 메시지를 들을 수 있다.

1 Tvisongur Sound Sculpture

트비손구르 사운드 조각작품

독일인 아티스트 루카스 퀴네의 작품. 피요르드와 마을의 정수리를 내려다볼 수 있는 언덕에 설치되어 있다. 다섯 개의 다른 크기로 지어진 콘크리트 돔 안에서 노래를 부르거나, 악기를 연주하면 돔마다 다른 공진으로 5도 화음이 만들어진다. 누구나 들어가서 자신만의 화음을 온몸으로 느낄 수 있다.

3 Skaftafell-Center for Visual Art

스카프타펠 아트 센터

스카프타펠 아트 센터는 아이슬란드 동부에서 가장 영향력 있는 갤러리다. 세이디스피요르드의 오래된 목조건물에 있는 갤러리에서 아이슬란드 현대미술 최전방에 있는 아티스트의 작품을 감상할 수 있다. 동시대의 아티스트를 지원하며 아티스트와 마을 사람들을 잇는 다양한 활동을 한다. 갤러리 1층에 있는 비스트로 겸 카페에서는 말년에 세이디스피요르드에 거주했던 아티스트 디터 로스의 작품을 감상할 수 있다.

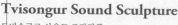

4 Local Crafts Market

로컬 크래프트 마켓

세이디스피요르드에 살고 있는 손재주 좋은 사람들이 모여서 운영하는 가게. 긴긴밤 직접 짠 울 니트와 핸드메이드 모자, 작품이라 불러도 좋을 만한 니트 소품을 판매한다. 더불어 빈티지 촛대, 사슴뿔로 조각한 장식품, 도자기 등 아기자기한 물건들이 빼곡하다. 겨울에 야외에서 맥주 마시는 사람을 위해 맥주 홀더를 달아 놓은 털 장갑을 못 사 온 것이 두고두고 아쉽다.

5 The Bookshop -projectspace

더 북샵

스카프타펠 아트 센터에서 운영하는 프로젝트 공간. 본 갤러리보다 젊고 혁신적이고 실험적인 작품을 전시한다. 스카프타펠 아트 센터의 레지던시 프로그램에 참여해 동네에 머무는 아티스트의 작업물을 전시하거나 세이디스피요르드 초등학생들의 미술 수업을 이곳에서 진행하기도 한다.

6 Blue Church

파란 교회

파스텔 톤의 아담한 하늘색 교회는 세이디스피요르드의 랜드마크다. 6월부터 8월 초까지 매주 수요일 저녁 클래식, 재즈, 블루스, 포크 등 다양한 장르의 콘서트가 열린다. 티켓은 교회 입구에서 구입할 수 있다.

7 Gullabuid Boutique

굴라부이드 부티크

빈티지 엽서에서 튀어나온 것 같은 귀여운 주인이 운영하는 빈티지 마켓, 굴라부이드 부티크. 세련된 감각으로 고른 빈티지 의류와 가구 등 인테리어 제품을 판매한다. 때때로 가게 앞에 세일 상품을 쌓아 놓고 파는데 잘 뒤져보면 친구에게 선물할 작은 나무조각품이나 액자, 유리컵 등을 싸게 살 수 있다.

8 HEIMA Collective

헤이마 콜렉티브

헤이마 콜렉티브는 예술가를 위해 만든 스튜디오다. 머물 수 있는 거주 공간과 공용 작업실을 보유하고 있다. 최소 1개월에서 최대 10개월까지 머물면서 아름답고 조용한 마을에서 자신의 작업에 몰두하고 세계 전역에서 온 아티스트와 교류할 수 있다. 1년에 2번 모집한다.

9 The LungA School

룽아 스쿨

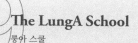

매해 여름에 열리는 세이디스피요르드의 가장 큰 축제, 룽아 아트 페스티벌의 정신을 그대로 이어받아 세운 학교. 매년 봄과 가을, 12주간 수업이 진행된다. 학생 맞춤형 실습을 통해 다양한 매체에 다양한 실험을 할 수 있는 기회가 주어지며 룽아 아트 페스티벌을 개최하고 학교를 설립한 지역 아티스트들이 선생님으로 참여한다.

10 Útlínur

유틀리누르

아이슬란드에서 잘 알려진 개념미술가인 크리스티안 구드문손*Kristján Guðmundsson*의 야외 조각작품으로 '윤곽'이라는 의미다. 세이디스피요르드 해수면 아래 감춰진 공간을 상징적으로 나타냈다.

11 Geiri's house

게이리의 집

세이디스피요르드에서 태어난 아티스트 아우스게이르 에밀손*Ásgeir Emilsson*의 생가. 게이리*Geiri*란 이름으로도 알려진 아티스트는 독학으로 미술을 공부하면서 일생을 이 마을에서 지냈는데 맥주캔, 페인트 통, 담뱃갑 등 친근한 재료를 이용해서 작품을 만들었으며 여성의 아름다움을 나타내는 컬러풀한 페인팅을 여러 점 남겼다. 그의 생가이자 작업실에서 생전의 흔적을 살펴볼 수 있다. 스카프타펠 아트 센터에서 관리하고 있다.

13

죽음의 자갈길

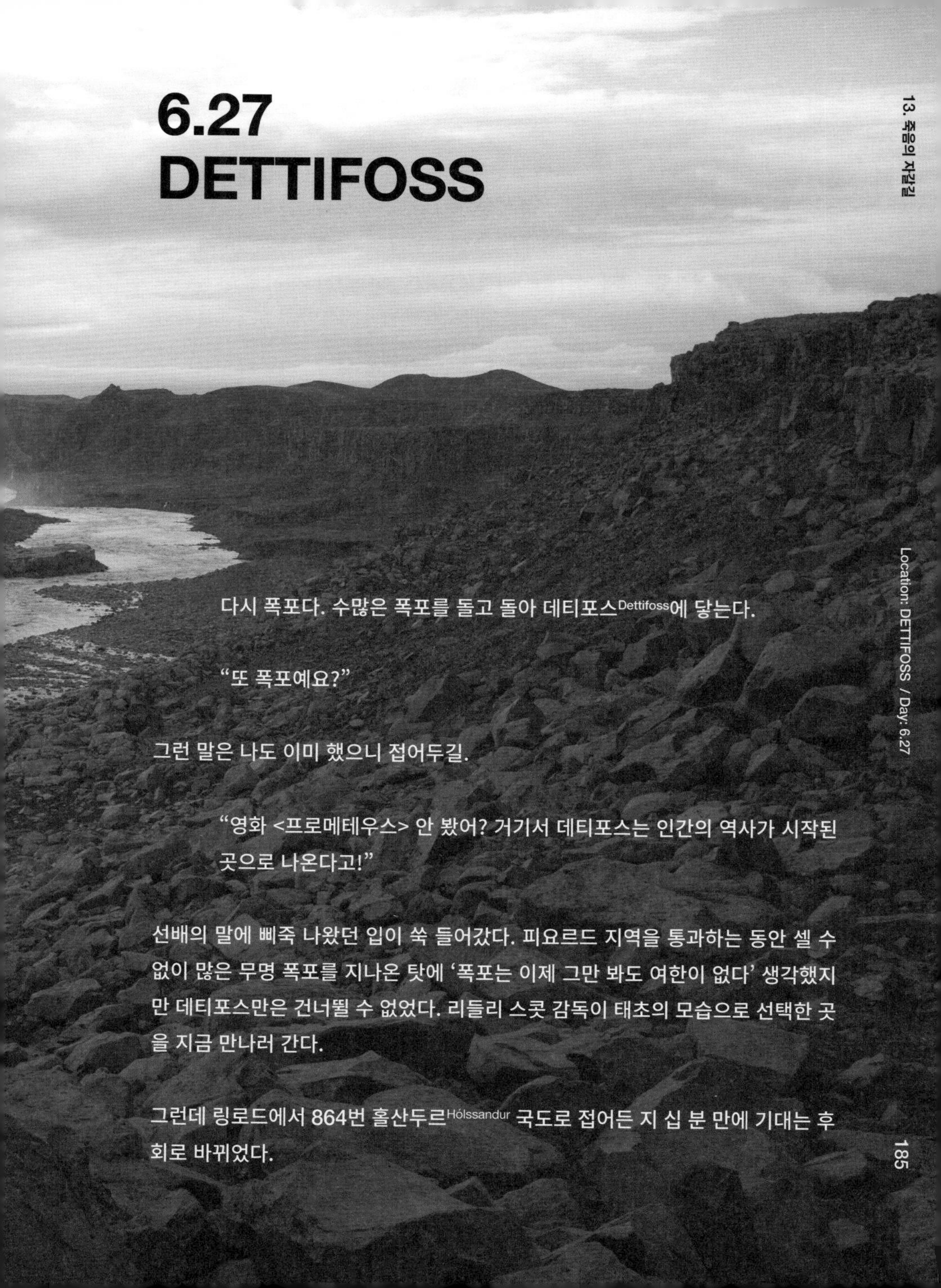

6.27
DETTIFOSS

다시 폭포다. 수많은 폭포를 돌고 돌아 데티포스Dettifoss에 닿는다.

"또 폭포예요?"

그런 말은 나도 이미 했으니 접어두길.

"영화 <프로메테우스> 안 봤어? 거기서 데티포스는 인간의 역사가 시작된 곳으로 나온다고!"

선배의 말에 삐죽 나왔던 입이 쏙 들어갔다. 피요르드 지역을 통과하는 동안 셀 수 없이 많은 무명 폭포를 지나온 탓에 '폭포는 이제 그만 봐도 여한이 없다' 생각했지만 데티포스만은 건너뛸 수 없었다. 리들리 스콧 감독이 태초의 모습으로 선택한 곳을 지금 만나러 간다.

그런데 링로드에서 864번 홀산두르Hólssandur 국도로 접어든 지 십 분 만에 기대는 후회로 바뀌었다.

"지금 빨래판 위를 달리는 거 아니죠?"

목구멍까지 덜덜 떨려서 말할 때마다 염소 소리가 났다. 길은 온통 자갈밭. 가면 갈수록 알맹이가 굵어졌다. 시속 20km/h. 속도를 더 냈다간 타이어가 터질지도 모른다. 가방에 든 「론리플래닛」에서 864번 국도에 대해서 경고했던가? 사륜차가 아니면 엄두도 내지 말라고? 현재 위치를 확인하려고 해도 GPS가 잡히지 않았다. 아무리 구석구석 인터넷이 깔려있는 아이슬란드라도 허허벌판 인적이 없는 곳에선 통신두절이다. 이건 공포영화 첫 장면에 흔히 일어나는 일이 아닌가.

"3G도 안 잡혀요. 어떡하죠?"

운전석에 앉은 선배 N과 렌터카 계약서에 자갈 보험이 있었는지 없었는지 실랑이를 하는 동안 뒷자리에 앉은 선배 B를 쳐다보니 깊이 잠들었다. 다행히 자갈길의 짜증스러운 덜컹거림이 자는 사람을 깨울 정도는 아니었나 보다. 깨어있는 둘에게는 아이슬란드에서 가장 기억하기 싫은 일이 되었지만 말이다. 죽음의 자갈길. 이름에 걸맞게 풍경도 삭막하기 그지없다. 폭신한 이끼도 없이 흙과 자갈, 돌무더기로만 이루어진 땅. 지난날의 잘못을 저절로 빌게 되는 곳. 마침 떠오르는 묘비명을 적어두려 해도 진동이 너무 심해서 한 자도 쓸 수가 없었다. 1분이 1시간처럼 지나가는 길에 숱한 한국어 욕을 묻어두었다. 어둠에 가까워지는 느낌이 단전에서부터 올라왔다.

데티포스에는 전설이 있다. 북유럽신화에 따르면 그리스신화로 치면 제우스와 어깨를 겨눌 수 있는, 모든 권능을 가진 북유럽 최고의 신 오딘Odin에겐 다리가 8개인 말 한 필이 있었다. 명마의 이름은 슬레이프니르Sleipnir. 그 녀석이 말발굽으로 쿵 찍자 아스비르기Ásbyrgi 골짜기가 만들어졌다는 거다. 높은 곳에서 보면 데티포스가 속해 있는 아스비르기 골짜기가 말발굽 모양이다. 한편 북유럽신화를 믿지 않는 과학자에 따르면 말발굽 모양의 협곡은 8천 년 전 화산 분출과 수차례에 걸친 대홍수로 형성되었다고 한다. 이 골짜기를 흐르는 요쿨사 아우 피요름Jökulsá á Fjöllum 강은 바트나요쿨Vatnajökull 빙산에서부터 시작되는데 용암으로 온갖 생채기가 생긴 깊은 협곡과 데티포스, 셀포스 등 폭포를 거쳐 그린란드 해까지 닿는다. 어느 쪽을 믿든 당신의 자유다.

Location: DETTIFOSS / Day: 6.27

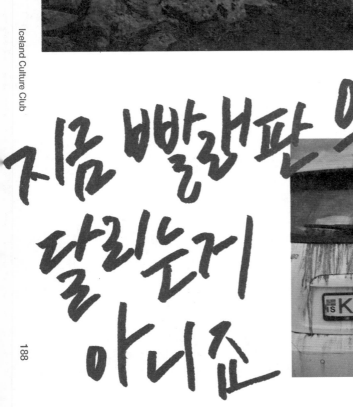

지금 빨래판 위를 달리는거 아니죠

폭포에 가까이 다가갈수록 천둥소리인지 거대한 말발굽 소리인지 구분할 수 없는 굉음이 들렸다. 쩍 갈라진 협곡 아래에서 불길한 물안개가 피어올랐다. 용기를 내 들여다봤다. 거기엔 거대한, 아니 광활한, 아니 인간이 인지할 수 있는 한계를 넘어선 폭포가 있었다. 높이 44m에 폭은 100m, 1초당 50만ℓ가 유출되는 유럽에서 가장 힘찬 폭포. 얼마나 강렬한 에너지를 뿜는지 폭포 가까이에 있는 바위에 손을 올리면 진동이 느껴졌다. 맞은편 폭포의 서쪽에 있는 사람의 크기가 미니어처처럼 보였다. "제 목소리 들리세요?" 손을 흔들어도 대답이 없다. 암 그렇고말고, 나같이 작은 생명체 따위는 보이지도 않겠지. 이 공간을 지배하는 자는 오직 하나, 데티포스 뿐이다. 모든 것이 소멸하는 폭포에 최대한 가까이 다가가서 정수리를 바라보았다. 주변을 빨아들이는 힘이 워낙 세서 나까지 휩쓸려버릴 것 같았다. 리들리 스콧 감독의 안목은 탁월했다. 온통 잿빛이 내린 황량한 용암 대지를 지나 쏟아져 내리는 어마어마한 수량. 기괴한 아름다움. 빙하와 화산재가 뒤섞여 진흙탕처럼 희뿌연 물. 끝없이 굽이쳐 흐르는 협곡. 그보다 더 지구의 민낯에 가까운 곳은 어디에도 없을 것이다.

데티포스 견학을 마치고 나서 악몽이 되살아났다. 우리는 죽음의 자갈길로 또다시 내몰렸다. 돌아 나오는 길은 하나. 어떤 일이 벌어질지 뻔히 알지만, 차선책이 없으니 울먹이며 차에 올라탔다. 훗날 아주 시간이 많이 지나 알게 된 사실이지만 링로드에서 폭포의 서쪽으로 가는 길, 즉 우리가 선택하지 않은 862번 국도는 포장도로라고 한다. 대신 마주 오는 차를 비껴갈 수 없을 만큼 길이 좁고 주차장에서 폭포까지 가는 길이 매우 미끄럽다 했지만 어디 이륜차를 끌고 비포장도로를 달리는 심정에 비할쏘냐. 훗날 내 묘비명은 이렇게 적어주길 바란다. '김윤정, 그녀는 일생 여행자로 살며 울퉁불퉁한 자갈길도 마다치 않았다. 죽음의 자갈길을 왕복한 자에게 평화와 안식이 가득하길.'

14

펄펄 끓고 있는 땅

아이슬란드는 지질학자에겐 파라다이스다. 여기엔 지구에서 찾을 수 있는 거의 모든 지형이 존재한다. 빙하와 용암, 화산재가 공존하는 얼음과 불의 땅. 오한과 발열을 오가는 땅. 새로운 광경이 나타날 때마다 우리는 환호성을 지르며 카메라 셔터를 눌러댔다. 지질학자라면 그보다 더할 테지. 아마도 땅에 코를 박고 길을 걷지 않을까. 반시계방향으로 달려온 링로드 일주는 어느덧 3/4 지점을 향하고 있었다. 수만 년의 시간이 응축된 지역을 통과해 갓 태어난 어린 땅으로 가는 중. 멀리서 썩은 달걀 냄새가 밀려왔다. 뮈바튼Mývatn에 가까워지고 있다는 신호다.

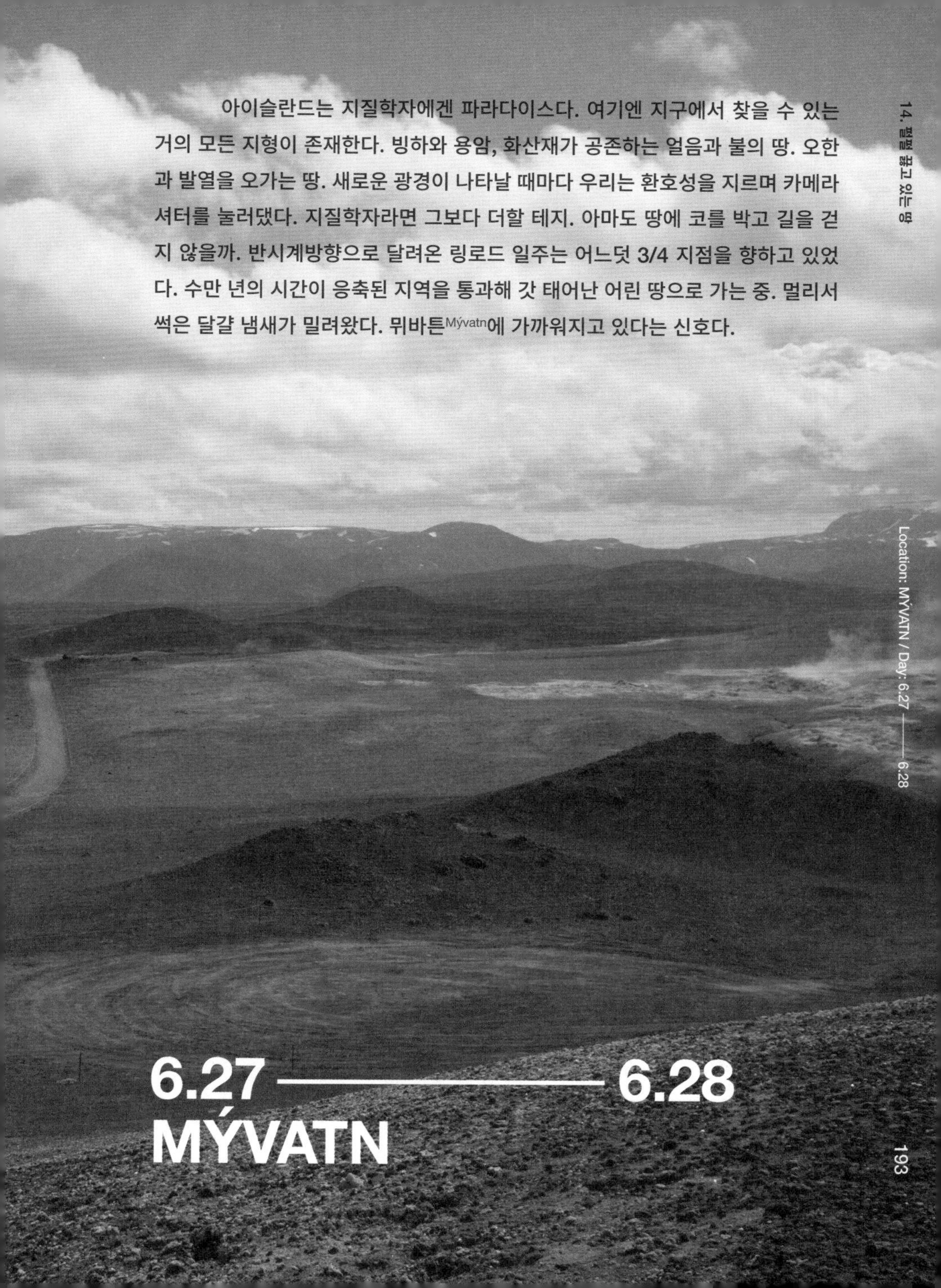

6.27 —— 6.28
MÝVATN

아이슬란드, 그 차가운 이름과는 상관없이 얼음 아래는 부글부글 끓고 있다. 북대서양 가운데 있는 아이슬란드는 대서양 중앙해령이 지나는 곳에 발달한 열점에서 화산 폭발로 탄생했고 여전히 화산의 불씨는 꺼지지 않았다. 에이야프야라요쿨 Eyjafjallajökull 화산 폭발로, 당시 발생한 화산재가 하늘을 뒤덮으면서 제2차 세계대전 이후 최대의 유럽 항공대란이 일어났을 때가 2010년. 바우르다르붕가 Bárðarbunga 화산이 분출해 기상 당국이 유럽 항공사의 발을 묶어놓은 게 2014년이었다.

'혹시 방귀 냄새?'라고 속으로 생각하며 옆 사람을 쳐다보는 순간 나를 의심하는 눈초리와 만나 멋쩍게 웃었다.

"으하하. 저 아니에요."

조용히 창문을 닫았다. 창밖에는 퀴퀴한 암모니아 냄새가 창궐하고 있었다. 화산지대의 유황 냄새는 생각보다 지독한 놈이어서 닫힌 창문의 빈틈을 찾아 기어이 비집고 들어왔다. '뮈바튼에 온 것을 환영합니다.' 지면에서 올라오는 하얀 연기가 우리를 반겼다. 젊은 땅의 체취다.

아이슬란드의 북동쪽에 있는 마을 뮈바튼에 도착했다. 이 일대의 지형은 사막과도 같다. 열선이 지반과 가까운 곳에는 식물도 자라지 않고 흙바람만 휘날리는 황량한 곳. 주인공이 화성에 불시착한 영화를 준비하는 감독에게 뮈바튼을 적극적으로 추천한다. 혹은 모든 것이 사라진 후의 지구나 벌거벗은 신이 삼지창을 들고 나타나는 영화의 배경으로도 괜찮겠다.

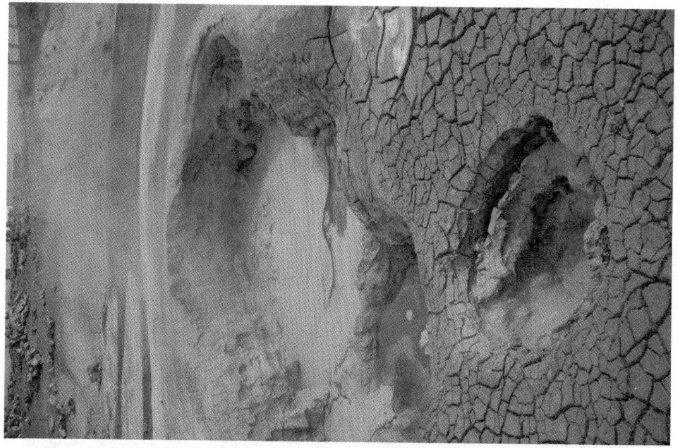

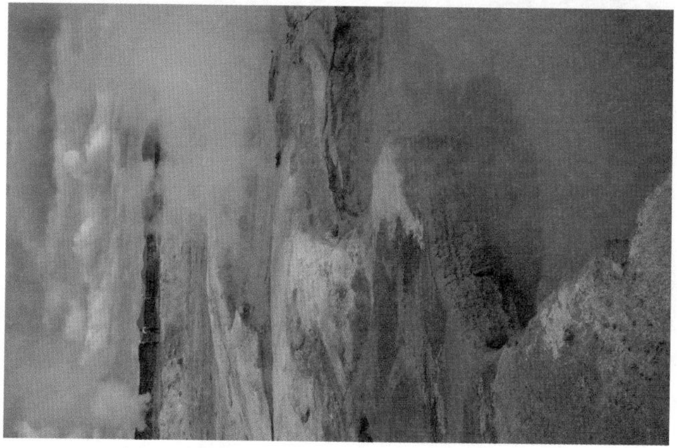

뮈바튼을 대표하는 관광지, 나마프얄 크베리르Namafjall Hverir부터 찾았다. 그곳에 처음 보는 지구가 있었다. 평평한 대지 위에는 수없이 많은 구덩이가 패어 있고 그 아래는 검은색 진흙이 부글거렸다. 살갗 아래 근육과 진피, 혈액을 드러내고 있는 지구의 모습은 뒷걸음을 칠 정도로 낯설었다. 지옥으로 들어가는 통로가 있다면 이런 모습일 거다. 2006년의 조사에 따르면 고작 지하 2.1km 아래 마그마가 펄펄 끓고 있다고 한다. 발을 헛디디지 않고 딱딱한 땅을 골라 걷는 것에 집중했다. 잘못해서 진흙더미를 밟는 순간 고무로 된 신발 밑창부터 녹아 없어질 테니까. 끈적끈적한 땅이 거인처럼 솟구쳐 올라 관광객들의 다리를 끌고 지하세계로 들어가는 상상을 멈출 수가 없다. 머드팟에서는 진흙이 살아있는 생물처럼 통통 튀어 오르고 흰 연기와 열기, 지독한 냄새를 풍기면서 자신도 살아있는 생명이라 끊임없이 외치고 있다. "미안, 지금껏 늙은 땅에서만 살아서 미처 몰랐어." 경외심을 가지면서도 한편으론 줄과 날계란을 가지고 오지 않은 걸 후회했다. 언젠가 다큐멘터리에서 본 장면처럼 끓고 있는 마그마 속으로 줄에 맨 날달걀을 넣어서 익혀 볼 것을! 아쉬워하며 발걸음을 돌렸다. 한 사람이 평생 뀔 방귀를 압축시킨 듯한 유황 냄새가 코를 찔러 더는 참을 수가 없었다.

뮈바튼은 크고 작은 화산 폭발의 진통을 겪으며 굳은 땅이다. 9번의 큰 화산 폭발과 15번의 지각변동, 100차례가 넘는 소규모 분화가 일어났다. 화산이 일어날 때마다 '진흙 언덕'이라는 뜻의 레이르유쿠르Leirhnjúkur에서 엄청난 양의 용암과 진흙이 흘러나와 뮈바튼의 언덕과 들판을 창조했다. 우리는 분화구에 좀 더 가까이 다가가 보기로 했다.
진흙 언덕 레이른유쿠르에 들어가는 길에 입장료를 지불했다. 아이슬란드에서 두 번째로 낸 입장료다. 첫 번째는 좀 전에 지나온 나마프얄 크베리르에서였다.

> "근데 왜 뮈바튼에서만 입장료를 받아요?"

표를 파는 직원에게 물었다.

> "네, 여기는 사유지거든요. 자연을 보호하는 차원에서 약간의 관람료를 받는 걸로 생각해 줘요."

평범한 들판에 불현듯 화산이 터져 관광객이 몰리다니, 마당에서 유전이 터진 것과 다름없었다.

마그마가 흘러넘친 지역은 왕복 2시간 정도 소요되는 도보여행 길이 조성되어 있었다. 1984년에 마지막으로 화산 폭발이 있었던 따끈따끈한 새 땅을 보려거든 바닥이 두꺼운 운동화를 준비하길 바란다. 그렇지 않으면 날이 선 현무암 위를 걷는 게 고역일 것이다. 또한 동네 뒷산에 오르는 정도의 오르막 내리막을 대비해야 한다. 용암은 산 전체를 뒤덮어 기묘한 풍경을 만들어 냈다. 블루 라군처럼 희뿌옇고 푸른 온천수가 고인 웅덩이를 지나면 용암이 천지에 흩뿌려진 곳에 다다른다. 그러니까 제주도의 현무암 지형과 형제지간인 셈이다. 그보다 더 젊고 덜 다듬어져 모양이 거칠고 제멋대로인 현무암이 지천이었다. 지옥에 끌려온 게 아닌가 싶다가 다른 관광객의 기척을 듣고 망상에서 벗어났다. 레이른유쿠르에서 차를 타고 몇 분만 더 오르면 크라플라Krafla 산에서 가장 유명한 분화구인 비티Víti 분화구도 볼 수 있다. 과거 아이슬란드 사람들은 화산 아래 지옥이 있다고 믿고 화구호의 이름을 지옥, 즉 비티라 불렀는데 지금은 그곳에 옥색 호수가 빛나고 있다.

Location: MÝVATN / Day: 6.27 —— 6.28

Location: MÝVATN / Day: 6.27 —— 6.28

지옥행 급행열차, 뮈바튼의 마지막 행선지는 보가프요스 외양간 카페Vogafjos Cowshed Café. 뮈바튼을 대표하는 음식, 게이시르 브래드를 맛보기 위해 왔다. 게이시르 브래드는 아이슬란드식 납작한 호밀빵이다. 반죽을 깡통에 넣어 구덩이에 넣고 지열에 24시간 정도 굽는다. 빵은 오랜 시간 낮은 온도에서 구워 보들보들하고 구수한 맛이 났다. 뮈바튼에서만 맛볼 수 있는, 인간이 반죽하고 화산이 구운 별식이다. 우리는 전통방식으로 요리한 훈제 송어, 직접 짠 우유로 만든 모차렐라 치즈, 요구르트를 게이시르 브래드와 함께 먹었다. 아이슬란드 엄마가 차려준 소박한 밥상 같았다. 옆 테이블에서는 게이시르 브래드에 신선한 생선 요리를 얹어 먹기도 하고 당근, 순무, 감자 같은 뿌리채소로 만든 아이슬란드식 스튜에 찍어 먹기도 했다. 어떤 식으로 먹든 다음날이면 '게이시르 브래드 한 덩이를 포장해 올걸.'하고 입맛을 다시게 되는 그런 맛이다.

저녁 식사 후 뮈바튼 호숫가에 누워 구름을 셌다. 얼마나 추운지 한겨울 파카에 털모자, 장갑까지 중무장하고 무알코올 필스너를 마셨다. '잔디 아래 땅을 몇 m만 파면 지열이 올라와 따뜻할 텐데.' 잠시 무모한 생각에 빠졌지만 게이시르 브래드처럼 익어버릴까 봐 실행에 옮기진 못 했다. 캠핑장에 늘어선 텐트 사이로 엄마 오리와 새끼 오리떼들이 뒤뚱거리며 지나다녔다. 부글부글 끓어오르던 나마프얄 크베리르와는 정반대로 뮈바튼 호숫가에는 고요와 정적이 내려앉았다.

15 맥주나 한잔 할까

아쿠레이리에 도착한 날은 링로드 일주를 시작한 이래로 가장 쨍한 날이었다. 일기예보를 도배했던 먹구름과 빗방울이 걷혔다. 짙푸른 하늘, 풍성한 구름, 청량한 공기. 맨발로 뛰어나가 팬티만 입고 춤추고 싶은 날씨였다. 1778년 이전이었다면 실행에 옮겼을지도 모르겠다. 당시 아쿠레이리에는 고작 12명이 살았다고 전해진다. 지금은 인구가 1만 7천여 명으로 늘어났으니 엄두를 낼 수가 없다. 레이캬비크를 떠난 뒤 처음으로 오케스트라와 극단이 꾸려진 도시에 왔다. 바닷가에 레이캬비크의 하르파 못지않은 공연장, 호프 컬처럴 앤 컨퍼런스 센터Hof Cultural and Conference Center도 있었다. 아이슬란드 제2의 도시다운 풍모였다.

6.29
AKUREYRI

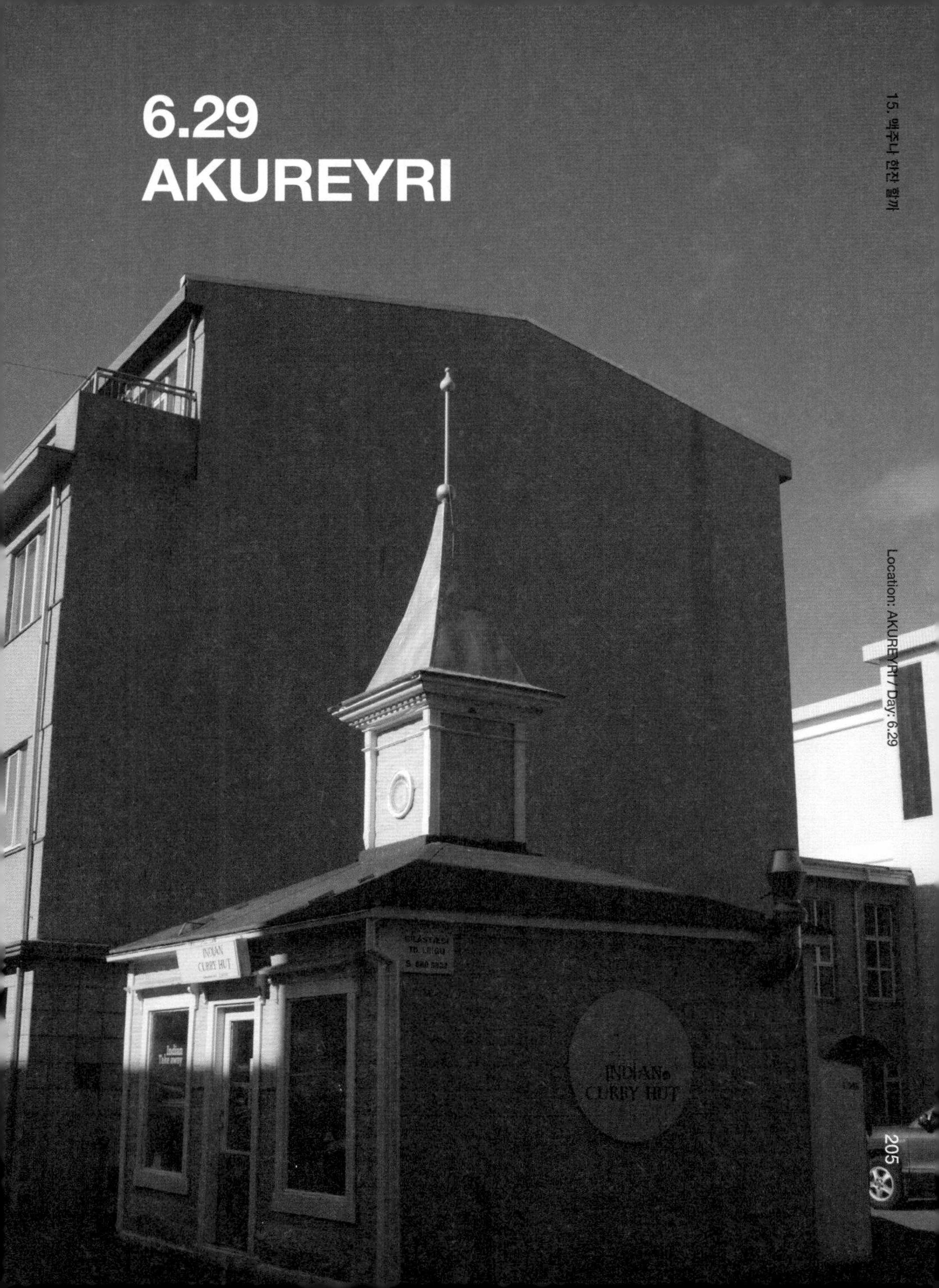

Location: AKUREYRI / Day: 6.29

아쿠레이리가 크게 성장한 데는 덴마크의 영향이 컸다. 그 이유를 알기 위해선 잠깐 아이슬란드의 역사를 돌아볼 필요가 있다. 아이슬란드는 1387년부터 덴마크의 지배를 받게 되었고 이후 제2차 세계대전에서 덴마크가 독일에 점령당한 때를 틈타 1944년 덴마크 국왕을 폐위하고 독립국이 되었다. 하마터면 덴마크와 한 나라가 될 뻔했으나 아이슬란드 국민은 자신들이 독립된 나라의 독립된 역사와 감수성을 가진 사람들이라는 걸 무려 5백 년 동안이나 잊지 않았다. 다시 아쿠레이리로 돌아와, 이 도시는 17세기 독점무역권을 가졌던 덴마크 상인들에 의해 탄생했다. 1602년 덴마크는 아이슬란드가 덴마크 외 다른 나라와 무역하는 걸 금지했다. 그리고 아쿠레이리를 무역항으로 삼았다. 수도인 레이캬비크보다 북쪽에 있지만 해류의 영향으로 1년 내내 얼지 않는, 아이슬란드에서 유일한 부동항이었기 때문이다. 유럽으로 통하는 대문 역할을 하며 도시는 비약적으로 발전했다. 무역 황금기를 지나 21세기에는 아이슬란드 수산업의 2/5를 차지하는 대기업이 아쿠레이리에 본사를 두고 시민들의 주머니를 두둑하게 채워주고 있다.

시퍼런 바다, 하얀 거품을 보니 맥주 생각이 절로 났다. 항만에 정박한 커다란 크루즈를 보고도 잠시 맥주 생각을 했다. '저 거대한 크루즈 안에서 사람들이 맥주를 마시고 소파에 늘어진 껌처럼 붙어 수다를 떨다 입이 마르면 다시 맥주잔을 들어 목을 축이겠지.' 어제 있었던 기가 막힐 일이 떠올라 더욱 목이 탔다. 뮈바튼 호숫가에 앉아 편의점에서 산 필스너를 마실 때였다. 마시면 마실수록 눈이 맑아지는 게 아닌가. 마셔도 마셔도 취하질 않았다. 이내 알코올 도수를 확인해 보니 0.1%. 지금껏 슈퍼마켓에서 사 마셨던 맥주는 알코올이 아니라 '맥주 비슷한 무알코올 보리 물'이었던 것이다. 가슴속 깊은 곳에서 치밀어 오르는 배신감과 미리 점검하지 못한 자괴감 사이에서 갈팡질팡하고 있을 때, 게스트하우스 사장님이 알코올은 알코올 전문점이나 펍에서만 구할 수 있다고 알려줬다. 아이슬란드의 필스너는 야속하게도 체코의 필스너와는 전혀 다른 액체라는 걸 그제야 알아챘다. 갈증이 났다. 맥주나 한잔하면 좋겠다. 서울에선 집 앞 슈퍼에 뛰어가는 시간 안에 해결될 고민이 아이슬란드에서는 쉬이 해결될 것 같지 않았다.

맥주로 뚫린 가슴을 아이스크림으로 메우러 갔다. 아쿠레이리에서 가장 유명한 음식점은 바로 브린야Brynja 아이스크림 가게다. 우리로 치면 장충동의 태극당이나 군산의 이성당처럼 오래된 곳이다. 기본이 되는 바닐라 아이스크림에는 크림보다 우유 함량이 많아 맛이 가볍고 상쾌했다. 여기다 별도로 초콜릿이나 캐러멜을 묻히거나 초콜릿 바를 올려 먹는 등 토핑을 선택할 수 있다. 아이스크림을 손에 쥐니 금세 세상을 다 가진 듯 의기양양해졌다. 야외에 마련된 나무 테이블에 앉아 커다란 아이스크림 벽화 아래서 야금야금 아이스크림을 아껴먹었다. 입안이 개운했다. 주인은 40년간 아이스크림 맛을 한결같이 유지하고 있다고 했다. 아쿠레이리에서 태어났다면 다 커서도 늙은 아버지 손을 잡고 와서 아이처럼 아이스크림을 사달라고 조르고 싶어질 곳. 잠시 일행과 즐거움을 충전한 뒤 아쿠레이리 산책에 나섰다.

특별한 목적지가 없어서 기분이 좋았다. 솔직히 말해 빙하와 활화산을 목격한 이후로 누군가의 슬픈 예언처럼 무엇을 보아도 심드렁해졌고 서울처럼 24/7 벌어지는 해프닝 속에 살아온 도시인으로서 레이캬비크보다 작은 규모의 도시에서 무엇을 기대할까 싶었다. 아쿠레이리의 아담한 도심에 모여 있는 서점, 옷 가게, 패스트푸드점, 카페는 휙휙 지나쳤다. 그저 뒷짐을 지고 어슬렁거리며 주류 전문점이 있지 않을까 두리번거리는 게 내 일이었다.

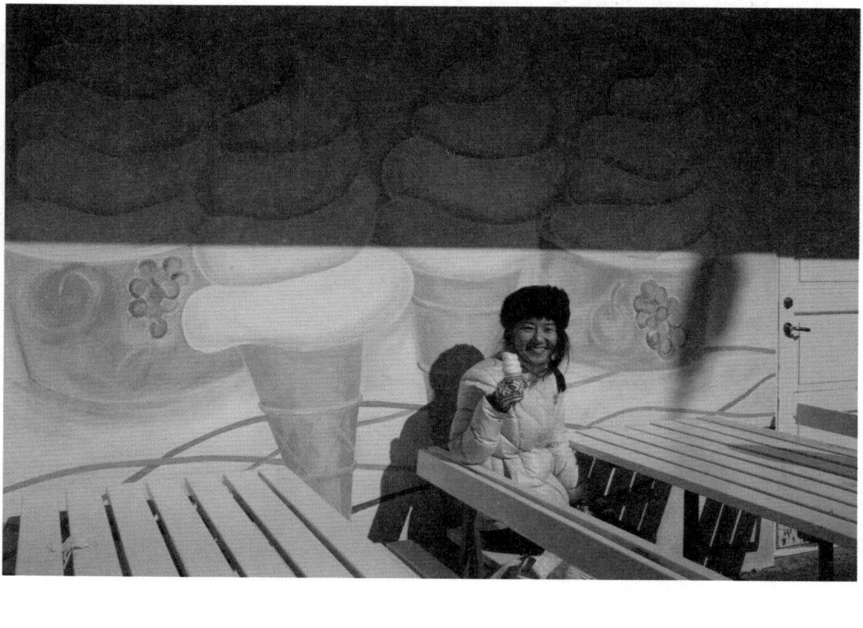

그렇게 흘러흘러 아츠 앨리Arts' Alley에 도달했다. 아쿠레이리 교회에서부터 바닷가 반대쪽으로 이어지는 오르막을 아츠 앨리라고 부른다. 한적한 2차선 도로를 사이에 두고 마주 보고 있는 건물엔 아쿠레이리 아트 뮤지엄, 아쿠레이리 비주얼 아트 스쿨, 소규모 갤러리와 젊은 아티스트의 아트 스튜디오, 대안 공간 등이 입주해 있다. 언덕길을 오르다 숨이 찰 때쯤 뒤를 돌아보니 뻥 뚫린 도로 끝에 바다가 보였다. 예술가의 언덕에 어울리는 절경이었다.

Art's
Alley

아쿠레이리 아트 뮤지엄 앞 작은 뜰에는 짧은 여름을 만끽하려는 학생들이 테이블을 들고 나와 창작욕을 불태우고 있었다. 동시에 아쿠레이리 아트 뮤지엄엔 아이슬란드 유명 디자이너 기슬리 비요른손Gisli B. Björnsson의 작품이 전시 중이었다. 평면에서 할 수 있는 모든 디자인을 섭렵한 그가 가장 장기간 맡았던 프로젝트는 월간지 「아이슬란드 리뷰Iceland Review」의 편집디자인이었다. 누가 북유럽 출신 디자이너 아니랄까 봐 디자인을 징글맞게도 잘했다. 옆집, 앞집, 뒷집에 모여 있는 갤러리 박스Galleri BOX, 갤러리 크비츠포이Gallery Hvítspói, 갤러리 리스트플레딴Gallery Listfléttan, 미욜쿠르부딘 갤러리Mjólkurbúðin Gallery도 구경했다. 아티스트와 큐레이터, 관광객인 척하는 컬렉터인지, 컬렉터인 척하는 관광객인지 모를 사람들과 등을 맞대고 한참 동안 작품 앞에 서 있었다.

i B. Björnsson

아츠 앨리를 걸어 내려오면서 아이슬란드인의 평균수명이 83세인 데는 주류 판매점을 꼭꼭 숨겨놓고 사람들이 찾아가기 어렵게 만들었기 때문은 아닌지 진지하게 고민했다. '이렇게 젊은이들이 많은데 술 파는 곳 하나 없다니.' 금주령 때문에 한동안 마음고생이 심했던 바이킹의 후손이 된 듯한 기분이었다. 믿을 수 없겠지만 아이슬란드에서는 1989년까지 전국에 금주령이 내려졌다. 게다가 금주령은 한 폭군의 횡포가 아니라 국민의 의지였다. 포도주, 맥주, 벌꿀주를 즐겨 마셨던 바이킹의 후손들이 어째서 금주령을 시행하자고 국민투표까지 하게 됐을까?

맥주는 아이슬란드의 독립과 밀접하게 연관되어 있다. 덴마크로부터 독립을 준비하는 시기에 맥주는 덴마크식 라이프스타일을 상징하는 상품이었다. 고로 맥주를 마시는 행동이 곧 독립을 반대하는 비애국적인 행동이라는 분위기가 형성되었다. 그런 연유로 금주령은 독립 후에도 한동안 지속되었다. 이때 애주가들의 마음을 달래주었던 것이 지금 슈퍼마켓에서 파는, 맥주의 탈을 쓴, 저알코올 맥주 필스너다. 물론 일부 애주가들은 직접 밀주를 담갔으리라 짐작한다. 그러다 1979년 아이슬란드 국민이자 사업가이자 애주가인 데이비드가 해외에서 산 맥주를 반입하려다 압수되었는데 벌금을 내는 것을 거부하는 사건이 생겼다. 데이비드는 취할 권리를 위해 국가를 상대로 소송을 제기했고 결국 그의 승소로 금주령이 해지됐다. 1980년 모든 아이슬란드 국민이 해외에서 맥주를 반입할 수 있도록 법안이 변경됐고 1988년 국민 60%의 동의로 맥주에 관한 모든 것이 합법화됐다. 데이비드 만세!

그런데 술 파는 곳이 오후 4시에 문을 닫는 사안에 대해서는 아직 국민투표에 부쳐지지 않은 모양이다. 겨우 찾은 주류 전문점 앞에서 쓸쓸하게 등을 돌렸다. 오늘따라 하필이면 시내가 아니라 아쿠레이리에서 벗어난 근교에 있는 숙소를 예약했기 때문에 펍에 가는 것도 불가능했다. 우리에겐 딸린 차가 있다. 밀 한 포기 안 나는 나라에서 맥주 마시기가 녹록지 않다.

그날 밤, 맥주 한 모금의 소원은 뜻밖에 게스트하우스에서 이루어졌다. 레이캬비크에 굴Gull 맥주가 있고 아쿠레이리에 바이킹Viking 맥주가 있다면 아쿠레이리에서 5km 정도 떨어진 스캴다르비크Skjaldarvík 게스트하우스에는 스크욜두르Skjöldur 맥주가 있었다. 카페에서 직접 담근 로컬 맥주를 무인카페 냉장고에서 꺼내 마셨다. 누가 만들었는지 뭐로 만들었는지 정확히 알 수 없지만 시원하고 보글보글거렸다. 맥주는 물맛이 좌우하는데 아이슬란드의 물맛은 기가 막히니 술을 발로 만들어도 아마 달고 맛있을 거다.

"카, 이 맛이지. 여행의 맛!"

행운은 방심했을 때 찾아왔다. 한 손에 쥔 맥주와 하루의 끝이 맑고 깨끗했다. 여행자는 소원했던 대로 소파에 노곤하게 누워 오징어처럼 늘어졌다.

맥주 마니아를 위한 아이슬란드 소규모 양조장 투어

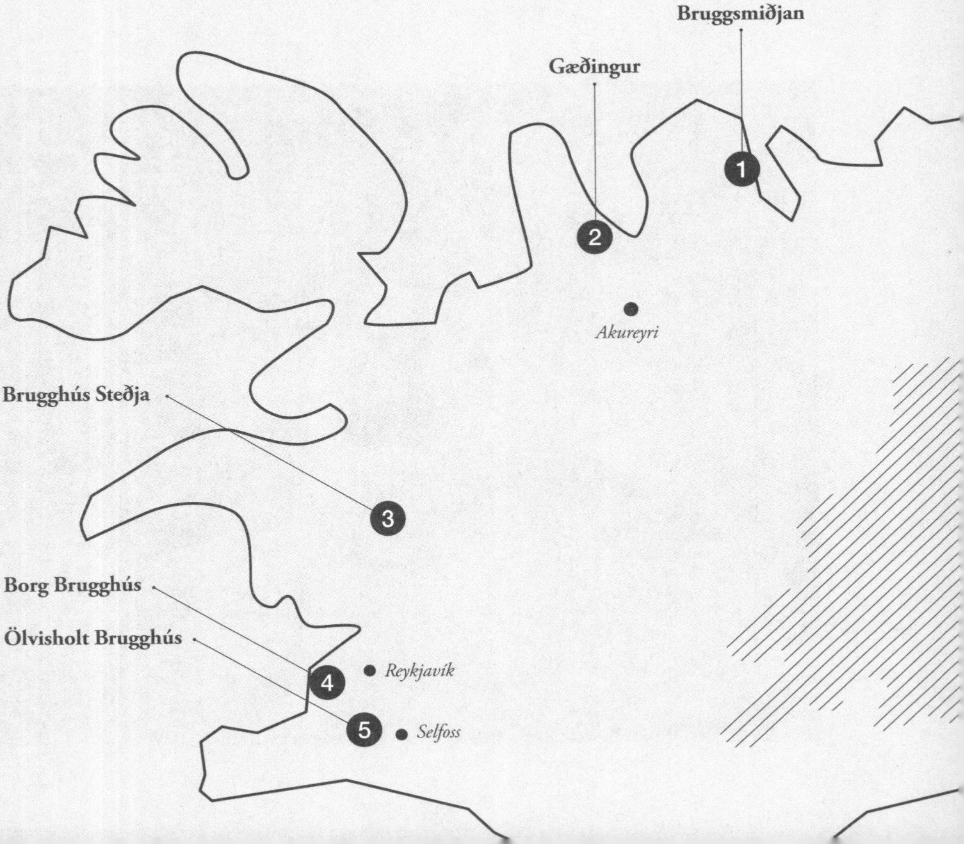

Bruggsmiðjan 브루그스미드얀

Öldugata 22, 621 Árskógssandur

브루그스미드얀은 아이슬란드 북부, 아쿠레이리와 달비크 사이의 작은 도시 아르스코그산두르*Árskógssandur*에 있다. 2006년부터 시작된 아이슬란드 최초의 크래프트 브루어리다. 여기서 만든 칼디라는 체코 스타일의 라거는 레이캬비크의 도시인에게 크래프트 맥주의 대명사로 불릴 정도로 유명하다. 칼디 다크, 칼디 라이트, 굴포스 세 가지 라인업의 맥주를 생산한다. 매년 8천-1만 명의 방문객이 브루어리를 찾는다. 브루어리 투어의 참가자들은 가장 맛있게 숙성된 칼디를 마실 수 있는 데다 자신이 마신 맥주잔을 집으로 들고 갈 수 있다. 예약문의는 bruggsmidjan.is 또는 +365-466-2505.

Gæðingur 자이딘구르

Útvík farm, 551 Sauðárkróki, Skagafjörður

아쿠레이리가 있는 피요르드 옆 스카가피요르드*Skagafjörður*에 있다. 대표이자 브루어이자 농부이자 언어치료사인 아르니*Árni*는 라거, 스타우트, 페일 에일 등 다양한 맥주를 만든다. 말을 타고 있는 농부의 실루엣이 이 브루어리의 트레이드마크다. 아르니는 직접 맥주를 생산하는 동시에 같은 마을에서 전 세계 크래프트 비어를 판매하는 펍, 마이크로바도 운영하고 있다. 그룹 투어를 문의하거나 자이딘구르의 맥주에 대해서 자세히 알고 싶은 사람은 gaedingur@hotmail.com이나 www.facebook.com/MicroBarIceland, 또는 www.gaedingur-ol.is에서 아르니를 찾을 것.

Brugghús Steðja 브루구스 스테디야

64°36'48.9"N 21°29'25.1"W / Steðji farm, Borgarfjörður

아이슬란드에서 가장 기괴한 재료로 맥주를 만드는 것으로 악명 높은 브루어리. 대표적인 것이 양의 배설물로 훈제한 고래 고환으로 만든 맥주 크바루르*Hvalur*다. 아이슬란드 전통 요리인 고래 고환 요리에서 착안했는데 브루어리의 대표이자 브루어인 다그비야르투르 아릴리우손*Dagbjartur Ariliusson*은 이 맥주를 마신 자야말로 진정한 바이킹이 될 수 있다고 주장한다. 부활절에는 코코아와 아이슬란드 미역을 넣은 맥주를, 할로윈 시즌에는 호박을 첨가한 맥주를, 크리스마스에는 감초를 넣은 한정판 맥주를 출시한다. 브루구스 스테디야의 맥주에 대해서 자세히 알고 싶다면 레이캬비크로부터 북쪽으로 90km 정도 떨어진 다그비야르투르 아릴리우손의 농장으로 향할 것. 그는 최근 아이슬란드 이끼를 이용한 맥주를 개발 중이지만 동시에 아주 맛있는 독일식 맥주도 생산하고 있다. 양조장 투어와 맥주 시음 프로그램이 있다. 예약문의는 stedji@stedji.com으로, 자세한 사항은 stedji.com에서!

4

Borg Brugghús 보르그 브루구스

Grjóthálsi 7-11, 110 Reykjavík

아이슬란드의 국민 맥주는 굴과 바이킹이다. 굴을 만드는 맥주 회사는 레이캬비크를 기반으로 한 올게르딘 에길스 스칼라그림손*Ölgerðin Egils Skallagrímsson* 브루어리. 1913년부터 시작된 아이슬란드에서 가장 오래된 양조장이자, 아이슬란드 사람들에게 가장 사랑받는 맥주 브랜드다. 보르그 브루구스는 올게르딘 에길스 스칼라그림손에 소속된 소규모 양조장으로, 십 대부터 홈브루잉을 시작한 두 명의 브루 마스터가 좀 더 다양한 취향을 지닌 맥주 마니아를 만족시키기 위해서 독자적으로 맥주를 만들고 있다. 실험적인 맛을 개발하는 임무를 띠고 생겨난 브루어리인 만큼 다양한 종류의 라인업을 자랑하며 세계맥주대회*World Beer Awards*에서 매년 '유럽에서 가장 맛있는 맥주' 또는 '유럽에서 두세 번째로 맛있는 맥주'로 꼽히고 있다.

보르그 브루구스를 좀 더 알고 싶다면 매주 목-일요일 저녁 6시에 시작되는 브루어리 투어 프로그램*Taste the Saga Brewery Tour*에 참여할 것! 아이슬란드인을 대상으로 하는 맥주 학교의 정규 프로그램을 2시간 정도에 압축한 투어다. 외국인 관광객을 위해 영어로 진행되며 맥주 시음, 이 브루어리의 역사와 전통, 맥주 만드는 과정에 대해서 배운다. 홈페이지에서 투어 예약을 할 수 있다. www.gestastofa.is/#taste-the-saga

5

Ölvisholt Brugghús 올비스홀트 브루구스

Ölvisholt, Flóahreppur, 801 Selfoss

브루어리의 약자를 따서 ÖB라 불린다. 아이슬란드 맥주 애호가 사이에서 입소문이 난 맥주. '아이슬란드인이 지금껏 만들지 못 했던 품질의 맥주를 만드는 것'을 목표로 두 명의 농부가 셀포스 근처 어촌마을 헛간에서 시작한 브루어리다. 현재 전 세계적으로 맛과 품질을 인정받아 스칸디나비아와 북미로 수출하고 있다. 노르딕 신화 속 풍요의 여신의 이름을 딴 아이슬란드 최초의 밀맥주 프레이아*Freyja*, 브루어리 근처의 활화산 헤클라*Hekla*의 이미지를 라벨에 새긴 라바*Lava* 등을 생산한다. 미리 예약하면 월-금요일 12:00-14:00에 브루어리 투어와 시음이 가능하다. 브루어리에는 탭 룸이 따로 마련되어 있어 투어에 참여하지 않고 신선한 생맥주만 따로 마실 수도 있다. 예약 정보나 탭 룸 운영시간은 www.olvisholt.is에서 확인할 것.

Must DRINK Item

Einstok
에인스토크

아이슬란드 국민 맥주의 한 축인 바이킹 맥주를 만드는 비필펠*Vifilfell*에서 글로벌 시장을 겨냥해 만든 맥주 라인업. 현재 에인스토크는 모기업에서 분사해서 독자적으로 맥주를 만들고 있다. 에인스토크는 용암지대인 히다르프얄*Hlíðarfjall*산 근처, 지구상에서 가장 깨끗한 물이 있는 지역에서 생산된다. 물맛이 곧 맥주 맛이므로 이 양조장에서 만든 맥주가 런던, LA 등에서 열리는 맥주 경연대회에서 계속 수상하는 건 예견된 일이었다. 아이슬란드의 깨끗한 물로 만든 밀맥주 화이트 에일, 미국과 바바리안 방식의 맥주 제조법을 응용해 바이킹 버전으로 만든 페일 에일, 커피와 다크초콜릿 향이 나는 포터가 대표적이다. 계절별로 여름엔 제철 베리를 넣어 만든 맥주를, 겨울엔 크리스마스 한정판 맥주를 생산한다. 아이슬란드에서 한 종류의 맥주만 마셔야 한다면 단연 에인스토크를 선택할 것이다. 아이슬란드의 깨끗한 물맛에서 느껴지는 상쾌함과 부드러움이 입안 가득 멤돈다.

DRINK Tip

아이슬란드에서 맥주를 사려면 와인 판매점을 찾아야 한다. 빈부드*Vínbúð*라고 쓰인 간판을 찾을 것. 슈퍼마켓에서는 2.25% 이하의 주류만 판매 가능하다. 설상가상으로 주류 판매점은 밤늦은 시간, 주말, 공휴일은 문을 닫으니 방문 전 시간을 꼭 체크해야 한다.

또한 여행 중 들른 펍이나 카페에서 마음에 드는 맥주를 발견했다면 망설이지 말고 그 자리에서 마실 것. 알려지지 않은 소규모 양조장에서 생산해 지역에서만 판매하는 맥주가 수도 없이 많으므로, 다시 그 맥주를 마주치리라는 보장이 없다.

16

이름 없는 마을에서 출발한 이름 없는 도로 위의 하루

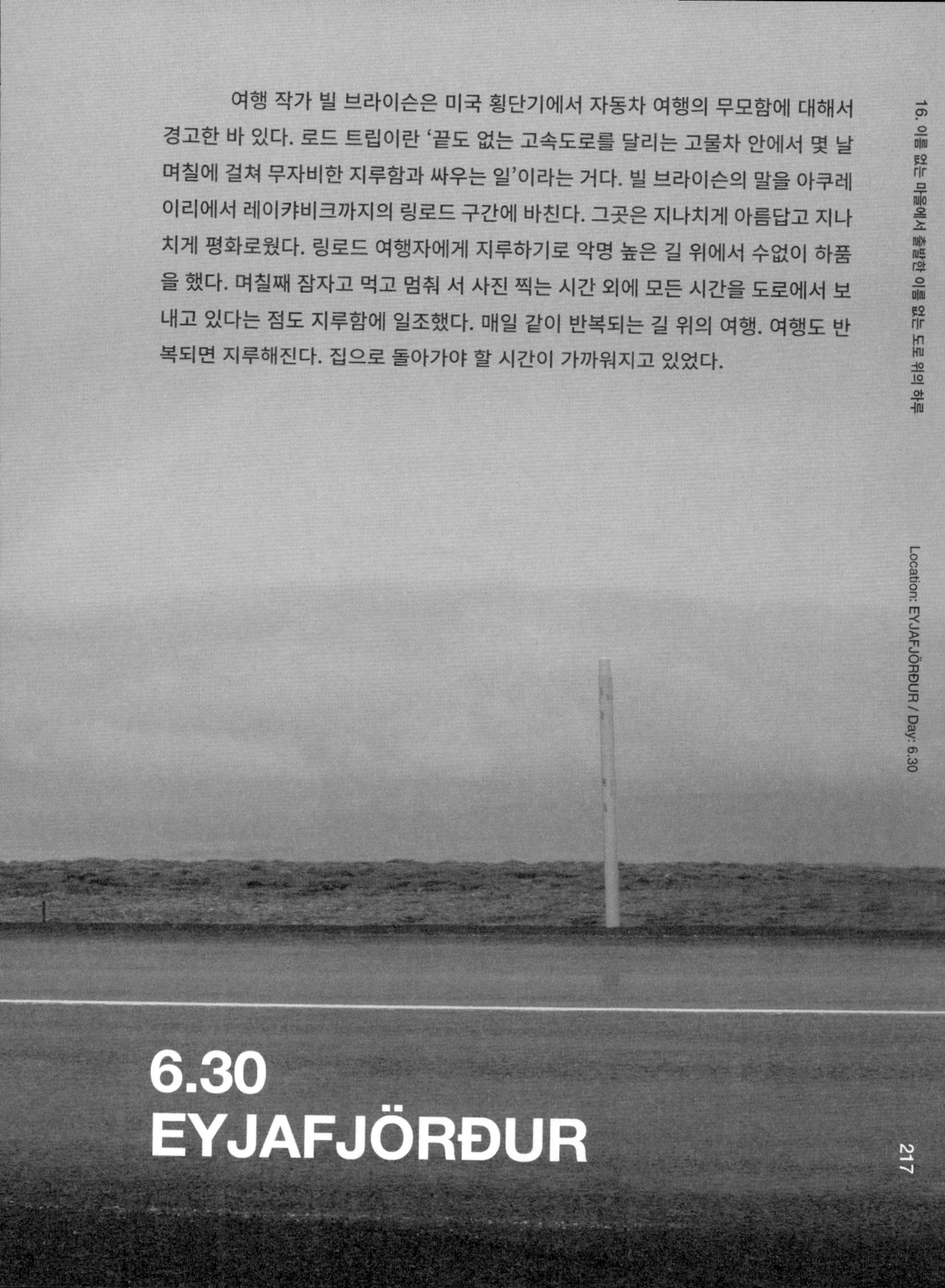

여행 작가 빌 브라이슨은 미국 횡단기에서 자동차 여행의 무모함에 대해서 경고한 바 있다. 로드 트립이란 '끝도 없는 고속도로를 달리는 고물차 안에서 몇 날 며칠에 걸쳐 무자비한 지루함과 싸우는 일'이라는 거다. 빌 브라이슨의 말을 아쿠레이리에서 레이캬비크까지의 링로드 구간에 바친다. 그곳은 지나치게 아름답고 지나치게 평화로웠다. 링로드 여행자에게 지루하기로 악명 높은 길 위에서 수없이 하품을 했다. 며칠째 잠자고 먹고 멈춰 서 사진 찍는 시간 외에 모든 시간을 도로에서 보내고 있다는 점도 지루함에 일조했다. 매일 같이 반복되는 길 위의 여행. 여행도 반복되면 지루해진다. 집으로 돌아가야 할 시간이 가까워지고 있었다.

6.30
EYJAFJÖRÐUR

아침에 있었던 일을 잠깐 생각했다. 해먹에 누워있었다. 스캴다르비크 게스트하우스는 전에 요양원이었다고 하는데 전직이 딱 어울렸다. 마을과 뚝 떨어진 외딴곳에 자리한 단층 건물, 건물을 둘러싼 숲. 키가 큰 소나무 사촌처럼 보이는 나무 아래에 해먹이 매달려 있다. 척추 사이사이에 평화가 깃든다. 동네 개와 함께 산책도 했다. 오랫동안 여행자들을 안내해 온 듯 익숙한 걸음으로 게스트하우스 뒤쪽에 자리한 바다로 데려다줬다. 그리고 에이야피요르드Eyjafjörður에 발을 담그고 목을 축였다. 나는 그 옆에서 물수제비를 떴다. 왠지 그래야 완성될 것 같은 풍경이었다.

차에서는 매일같이 반복된 구식 **MP3** 플레이어의 음악이 또 재생됐다. 카세트테이프였다면 늘어났을 거다. 운전자는 핸들을 잡은 채로 조용히 최면에 빠졌다. 잠시 졸더라도 별로 문제 될 게 없을 것 같았다. 핸들만 잡고 있으면 그대로 레이캬비크에 당도할 수 있을 만큼 길이 단조롭기 때문이다. 눈을 아무리 길게 감았다가 떠도 한결같이 아름답고 고요한 시골 풍경이 이어졌다.

Location: EYJAFJÖRÐUR / Day: 6.30

로드트립이란 무자비한 지루함과 싸우는 일

그래도 뭔가 있긴 있다. 잔디 지붕 집 앞에 내려 오랜만에 사지를 쭉 폈다. 휴게소가 없으니 관광지 앞에서라도 차를 세우고 바깥 공기를 쐤다. 곧 허허벌판에서 카메라를 들고 이리저리 각도를 잡아보는 나에게 경고가 날아왔다.

"너, 정직하게 찍어라. 거창한 것처럼 블로그에 올려놓기만 해!"
"선배, 그 말 정말 참신한데요?"

아이슬란드 감탄사 릴레이에도 끝이 보였다. 잔디 지붕 집은 11세기 바이킹의 가옥 양식이다. 아이슬란드어로는 글라움바이르Glaumbær. 아이슬란드의 고약한 날씨 때문에 집의 몸통은 땅속으로 들어가고 지붕만 남도록 설계했다. 그리고 지붕 위에 진흙을 바르고 잔디까지 얹었다. 바이킹이 추운 겨울에 얼마나 치를 떨었는지 짐작이 갔다. 공식적인 이름은 바이킹 롱하우스다. 근처에 누가 봐도 현대에 지어 지붕에 잔디를 올린 듯한 건물은 인포메이션 센터인데 살 게 없어 다시 도로 위로 돌아갔다.

Location: EYJAFJÖRÐUR / Day: 6.30

잔디 지붕 집에 크게 실망한 우리는 재미를 찾아 자꾸만 샛길로 샜다. '똑바로 갈 길도 돌아가라.' 심심한 자들이 남긴 교훈이다. '안내 책자에는 안 나오지만 분명 잔디 지붕 집보다 재미있는 곳이 어디엔가 있을 거야.' 그런 심산. 그 결과 파란색 리본이 걸린 이름 없는 마을, 분화구 모양을 본떠 지은 현대식 교회, 문 닫힌 가족경영 울 팩토리 숍, 무인 주유소를 지나 헤이밀리시드나다르사프니드 텍스타일 뮤지엄Heimilisiðnaðarsafnið Textile Museum에 도달했다. 홈메이드 모직과 직물, 자수의 향연이 펼쳐지는 곳이었다. 그 안에서 흰 장갑을 끼고 직물을 보관한 서랍장을 하나씩 열어보는 재미를 발견했다. 참고로 박물관의 이름은 공예가 할도라 비야르나도티르Halldóra Bjarnadóttir의 이름에서 유래했다. 그녀는 다양한 뜨개질과 니트 패턴의 장인으로 아이슬란드에선 모르는 사람이 없는 손재주꾼이라 했다. 그리고 다시 지루함과 싸우러 차에 올랐다.

그런데 갑자기 운전하던 선배가 차를 돌렸다.

"어? 왜 다시 돌아가요?"
"분명히 봤어. 벼룩시장이라는 간판!"

정말 있다. 마을로 들어가는 샛길에 손으로 쓴 작은 간판이 서 있는 게 아닌가. 지루함 속에 재미를 찾는 인간의 능력은 끝이 없었다. 두렁 길 끝에는 누군가의 집이 있었다. 머뭇거리며 화살표를 따라가니 창고를 개조한 곳에 이름 없는 상설 벼룩시장이 나타났다. 주인아주머니가 고집스럽게 모은 컵이며 액자며 촛대며 그릇이 빼곡히 들어차 있었다. 마실 삼아 나온 동네 주민들 사이에서 우리만 관광객이었다.

"전 세계를 여행하면서 모은 거예요."

셋은 무언가 홀린 듯 한 보따리씩 품에 안고 창고를 나왔다. 현금이 부족해서 신용카드로 결제했다. 오늘 하루 잃어버린 재미에 대한 보상이다. 뒷좌석이 잡동사니로 가득 찼다.

어느새 길 끝에 다시 몽글몽글한 천 년 묵은 이끼가 나타났다. 한동안 보이지 않았던 층층이부채꽃의 보라색 물결도, 갑자기 비가 오다 그쳤다 하는 변덕스러운 날씨도 재등장했다. 비가 걷힌 하늘에 무지개가 선명했다. 지평선이 있는 곳에서만 볼 수 있는 아이슬란드의 선물, 반원 무지개다. 아, 반원인 데다 쌍무지개다. 변덕이 일었다. 이런, 갑자기 종일 지나왔던 길을 돌아가고 싶은 충동을 느꼈다. "아직 발견하지 않은 미지의 마을이, 자연이, 재미가 남아있을지도 몰라. 레이캬비크에 도착하면 다 끝이라고!" 도착을 유보하고 싶은 마음과 차에서 그만 내리고 싶은 마음 사이에서 갈팡질팡하는 동안 여행이 저물어가고 있었다.

17 다시, 레이캬비크

‘무사히 레이캬비크로 돌아왔어. 내일 비행기를 타고 베를린으로 가.’ 레이캬비크 시내에 있는 에이문손Eymundsson에서 한국으로 보낼 엽서를 쓰고 있다. 인류 사상 최초로 남극점에 도달한 사내의 이름을 딴 이곳은 레이캬비크에서 제일 큰 서점이다. 보슬보슬 내리던 비가 굵어져 서점으로 대피했다. 서점 내에 자리한 카페에서 카푸치노를 주문하고 엽서와 우표를 샀다. 손바닥만 한 엽서는 언제나 쓸 공간이 부족했다. 이번에도 거창한 모험담으로 시작했다가 급하게 끝인사를 했다. 늘 반복하는 실수다. 그래도 친구를 놀리는 것은 잊지 않았다.

“아, 그리고 말이야. 이제 아이슬란드에 다녀오지 않은 사람과는 이야기가 안 통할 것 같아.”

농담을 끄적여놓고 혼자서 낄낄댔다. 저 멀리 극동아시아에서 비명이 들리는 것 같았다.

“대신 여행자 같은 거 필요 없어! 나도 여행 가고 싶다고! 얄밉다, 얄미워!”

7.1 REYKJAVÍK

아이슬란드에서 지낸 11일 동안 지구의 비밀을 꽤 많이 들춰보았다. 북극 언저리에 숨겨놓은 비밀을 훔쳐본 사람을 무사히 살려 보내줘서 어찌나 고마운지 모른다. 우리는 링로드의 출발지인 레이캬비크로 다시 돌아왔다. 무사히. 건강하게. 자갈이 튀어 창문이 깨지는 일이나 주유소를 찾지 못해 외딴곳에 고립되는 일도 없이. 트롤에게 납치되거나 동행과 머리채를 잡고 싸우는 험한 꼴도 보지 않고. 사지 멀쩡하게 살아 돌아와 레이캬비크의 비 오는 거리를 쏘다니고 있었다. 아침에 일어나 곧장 지도를 확인하고 주유소와 관광지와 식당을 지나치지 않으려고 신경을 곤두세우던 나날이 끝나고 나니 조금 후련한 기분도 들었다.

> "안녕, 할그림스키르캬 교회 꼭대기야. 안녕, 스케이트 타는 소년들아. 다시 만나서 반갑다. 도시야."

두 번째 방문한 도시에선 지도 없이도 목적지를 향해 자신 있게 걸어갔다.

자, 이제 마지막 의식을 치를 때가 왔다. 지갑에 남아있는 아이슬란드 화폐를 소진하는 신성한 의식. 특히 무겁고 성가신 동전을 한 점도 남기지 않는 게 중요하다. 서점을 나서기 전에 아이슬란드 잡지와 콘돔을 샀다. 콘돔을 살 계획도 없었고 아이슬란드 콘돔이 다른 나라 것보다 특별히 기능이 뛰어나다는 얘기를 들어본 적도 없지만 이보다 훌륭한 기념품은 없을 것 같았다. 패키지 디자인에 아이슬란드의 자연과 남성미를 교묘하게 엮어 놓은 재치가 돋보였다. 언뜻 보면 1회용 마스크팩처럼 보이는 용기에는 게이시르, 레이니스드랑가르, 화산이 폭발하는 장면 등 무언가 활기차게 뿜어져 나오는 형상이 프린트되어 있다. “선배 이거 뭐게요?” 물으니 5초 뒤에 폭소가 돌아온다. 아이슬란드의 유머가 한국의 세련된 도시 여성들에게 통한다. 두 번 생각할 필요 없이 덥석 집었다. 한국으로 돌아가 친구들에게 웃음과 용기를 나눠줄 거다.

비가 그쳤다. 거리로 나가자. 발등으로 쏟아지는 안개와 습기를 뚫고 스파크 디자인 스페이스Spark Design Space로 향했다. 지난번 레이캬비크 시내를 돌아다닐 때 눈여겨봐둔 가게다. 저번엔 늦은 시간에 방문한 탓에 쇼윈도만 바라보다 아쉽게 발걸음을 돌렸지만 다시 오자며 사진도 찍어뒀다. 다행히 이번엔 문을 열었다. 비 온 후에 더욱 흐리고 희뿌옇게 보이는 도시의 색과 반대로 가게 안의 물건은 형광으로 빛났다. 쇼윈도에 걸려있던 동물 뼈로 손잡이를 만든 줄넘기, 물에 뜨는 수영모, 몸에 두르면 까마귀로 변신할 수 있는 날개 달린 담요, 아이슬란드와 국외 도시의 지도로 만든 포스터, 멸종된 동물을 그린 엽서. 정말이지 무용하고 아름다운 아이슬란드 로컬 디자이너의 작품으로 가득했다. 감상뿐 아니라 구매도 가능하다. 선배는 서가를 뒤져 책을 한 권 골랐다. 18세기 아이슬란드 최초로 일주 여행에 성공한 남자의 사진과 여행기가 담겨 있었다. 우리는 지갑에 있는 마지막 지폐까지 깔끔하게 제거하는 데 성공했다.

neptún

ENJOY OUR NATURE
QUALITY CONDOMS

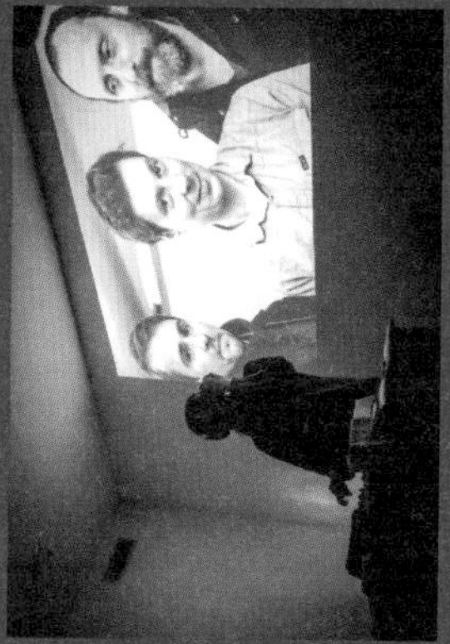

SPARK | DESIGN SPACE

렌터카는 공항에서 반납하기로 했다. 게스트하우스 주인에게 열쇠를 반납하고 공항 가는 길, 아직 일말의 설렘이 남아있다. 여행의 끝엔 블루 라군Blue Lagoon이 기다렸다. 블루 라군은 레이캬비크 시내와 케플라비크 공항 사이에 있기 때문에 여행의 끝에 블루 라군을 밀어 넣는 여행자들이 꽤 많다. 이 시간을 기다렸다. 새벽같이 숙소를 나서야 할 때나 빽빽한 일정으로 피곤할 때, 따뜻한 밀키스 색 온천에 몸을 담그는 상상을 얼마나 반복했는지 모른다. 몸을 푹 담그자 발바닥이 찌릿찌릿했다. 오는 길에 심상치 않던 하늘에서 기어이 또 비가 내렸다.

"비 오는 날 노천온천에 있는 것도 괜찮네요?"
"그렇지? 한적하고."

비가 온다고 밖으로 나가는 사람은 하나도 없다. 오히려 방문객이 적어 마음껏 헤엄칠 수 있었다. 블루 라군은 나의 것. 얼굴에 블루 라군의 자랑이라는 진흙을 치덕치덕 바르면서 콧노래를 흥얼댔다. '인공 온천이면 어떠냐. 이렇게 따뜻하고 평화로운데.' 열하루 전의 뾰족한 나와는 어딘가 달라진 모습이었다. 일상에서 쌓인 분노와 시기, 무기력함과 냉소, 나를 시시하게 만드는 못난 마음이 아이슬란드의 바람에 조금은 깎여나갔나 어쨌나. 이제는 아무리 노력한 대도 수만 개의 폭포, 아이슬란드 인구보다 4배나 많은 양 떼, 빙하와 화산, 피요르드를 지나기 전의 나로 돌아가는 건 불가능했다.

Blue Lagoon

Location: REYKJAVÍK / Day: 7.1

레이캬비크 아티스트와의 대화

talk with

사라 리엘*Sara Riel*

비주얼 아티스트이자 그래피티스트

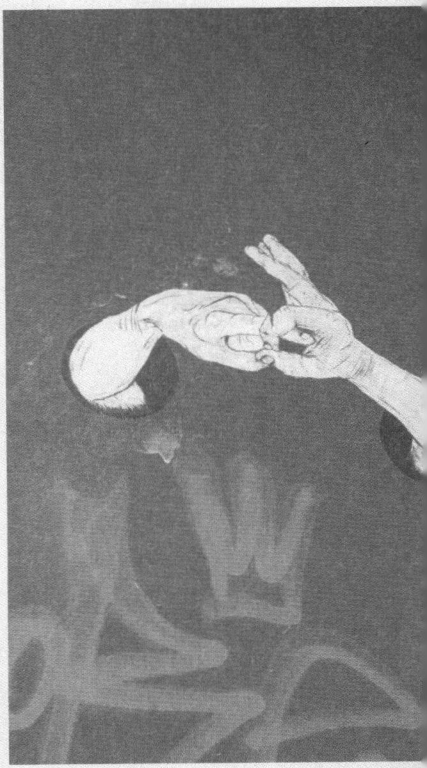

Q. 아이슬란드 사람들은 직업을 모은다는 농담이 있는데, 사실인가요?

물론. 나도 창의적인 결과물을 내는 여러 직업을 거쳐왔습니다. 비주얼 아티스트이자 책, 음반, 잡지의 표지를 만드는 그래픽 디자이너, 큐레이터뿐 아니라 회계관리 담당자, PR 매니저 등의 명함을 가졌죠.

Q. 당신이 그린 커다란 '손' 그래피티를 레이캬비크 곳곳에서 발견했어요. 어떻게 해서 손을 그리기 시작했나요?

'The Hands' 시리즈는 애니메이션의 캐릭터를 그리던 예전 작업 방식에서 빠져나오게 된 계기가 되었어요. 애니메이션 캐릭터를 그리다가 귀여움에 질려버렸죠. 특정한 캐릭터의 얼굴을 더 이상 그리고 싶지 않았어요. 그래서 전 세계 사람들이 동시에 공감할 수 있고 아직 레이캬비크의 그래피티 씬에서 나타나지 않은 요소를 찾다가 수화를 응용해 보기로 한 거죠. 내가 만난 모든 사람은 가운뎃손가락을 치켜드는 게 욕이라는 걸 알고 있었어요. 그건 커뮤니케이션이 잘 이루어진다는 의미죠. 그 뒤로 손을 그리는 대형 벽화 작업과 포스터 작업을 했고 곧 도시에서 유명해졌습니다.
길에 그림을 그리는 것은 천천히 반응을 얻는 일종의 퍼포먼스라고 생각합니다. 일반적으로 예술품이 놓여있으리라 기대하지 않는 공간에서 커뮤니케이션의 통로를 열기 위한 작업이에요. 작품을 통해서 사람과 사회 사이의 상호작용이 발생하고 이는 공간, 시간, 날씨에 의해서도 영향을 받습니다. 그것이 스트리트 아트를 사랑하는 이유예요.

Q. 백야, 오로라, 변덕스러운 날씨 등 아이슬란드의 대자연이 당신의 작업에 영향을 미치나요?

환경에 영향을 받는 건 인간으로서 피할 수 없는 숙명 같아요. 아이슬란드의 여름과 백야는 사람들을 흥분시켜서 정신없게 만드는 거대한 에너지를 불러일으킵니다. 오로라는 다른 차원에서 보내는 선물 같아요. 대자연은 거대하고 지혜롭고 심장을 두드려요. 어떤 방식으로 대자연이 창의적인 작품을 만드는 과정에 관여하는지 여전히 미스터리이지만 큰 영향을 미치는 건 사실입니다.

Q. 요즘 관심이 있는 아이슬란드의 아티스트가 있나요?

공간에 대한 착시현상을 활용하여 공간을 위트 있게 해석하는 비주얼 아티스트 엘린 한스도티르*Elin Hansdóttir*, 화려하고 강한 색상을 사용하는 페인터 다비드 오른 할도르손*Davíð Örn Halldórsson*, 발레 안무가이자 연출가, 퍼포먼서인 마르그리엣 비야르나도티르*Margrét Bjarnadóttir*, 미니멀리즘에 심취해 있는 비주얼 아티스트 하랄두르 욘손*Haraldur Jónsson*, 독특한 상상의 생명체를 창조하는 예술가 가브리엘라 프리드릭스도티르*Gabríela Friðriksdóttir* 등 주변에 훌륭한 아티스트가 수도 없이 많아요.

Q. 아이슬란드를 방문한 친구들에게 예술적 영감을 얻을 수 있는 장소를 추천한다면요?

멩기*Mengi*는 보물 같은 장소예요. 매주 목-토요일에는 연주, 인스톨레이션, 실험극, 비주얼 아트 등 실험적인 퍼포먼스 공연이 펼쳐지고 갤러리에서는 로컬 아티스트의 작품을 전시하죠. 자체적으로 음반을 제작하는 레이블도 운영하는데 멩기 내에 있는 작은 숍에서 앨범과 도록 등 아티스트에 대한 기록을 살펴보고 구입할 수 있습니다.

주소 Óðinsgata 2, 101 Reykjavík
연락처 +354 588 3644
홈페이지 www.mengi.net

Q. 레이캬비크에 없는 건 무엇인가요?

대체로 필요한 걸 가지고 있지만, 조금 더 있었으면 하는 건 "언제나 변화무쌍한 어떤 것"이에요. 만약 그런 게 생긴다면 레이캬비크를 놀라게 할 수 있을 것입니다.

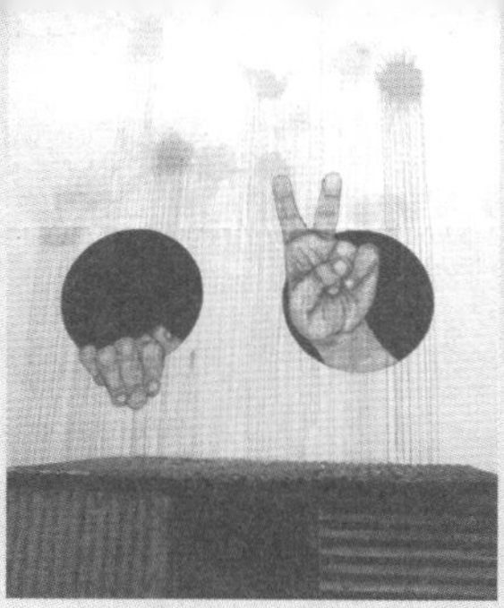

Q. 아이슬란드를 떠나고 싶다고 느껴질 때가 있나요?

밀실공포증을 느끼는 순간! 섬에 살면 자주 일어나는 일이죠.

Q. 그럼에도 불구하고 레이캬비크에서 완벽하게 즐거운 시간을 보내는 자신만의 비법이 있나요?

나만의 비밀스러운 방법이 몇 가지 있어요. 그중 하나는 야외 수영장에 가서 냉탕과 온탕을 번갈아 들어가는 것입니다.

Q. 최근에는 어떤 작업을 하고 있나요?

수학과 숫자의 형태에 대해 작업을 하고 있습니다. 최근 멩기에서 열린 전시회의 제목은 <Graphic Score>이에요. 내가 듣는 음악을 선으로 그리고 문자화하는 작업이었어요. 존 케이지*John Cage*의 영향을 받은 실험적인 작품이죠. 드로잉을 하는 동안 생각하는 것이 금지되며 작품이 좋건 나쁘건 수정할 수 없다는 원칙을 세웠습니다. 오프닝 때 기타, 베이스, 드럼으로 구성된 밴드와 함께 라이브 퍼포먼스를 펼쳤는데 45분간 즉흥 연주가 펼쳐지는 동안 연주에 맞춰서 그림을 그렸어요. 이 작업은 기존의 길거리에서 해왔던 스스로의 작업 방식을 모방하지 않은 새로운 실험이었어요. 완전히 다른 방식과 접근법이 새로운 시각적 세계를 열어주었고 다음에 작업한 스트리트 아트에 영감을 줄 것입니다.

오로라 없이 아이슬란드를 여행하는 법

아이슬란드 컬처 클럽

Iceland Culture Club

238

이윽고, 마침내, 결국은 아이슬란드와 이별할 시간이 다가왔다. 이별의 순간만큼은 이윽고, 마침내, 결국은 첫사랑에게 좋아한단 말도 못 하고 졸업식을 끝마친 초등학생이 된다. 입을 삐죽 내밀고 애꿎은 흙바닥만 차다가 용기를 내서 겨우 "안녕!"이라고 말하고 도망치듯 뛰어가는 그런 어린이 말이다. 인생은 이별의 연속이라는데 아무리 반복돼도 익숙해지지 않는다. 몹시 아쉬웠다. 그러나 작별인사를 하는 순간에도 이별은 속도를 내고 있었다. 우린 집으로, 또 다른 여행지로 떠나야 했다.

"아이슬란드, 네 덕분에 어떤 술자리에서 누군가 로드 트립에 관한 얘기를 꺼낼 때 목소리를 높일 수 있는 사람이 됐어. 이끼에 대해서, 빙하에 대해서, 만년설에 대해서도 한마디 거들 수 있겠지. 나중에 아이를 낳으면 무릎에 앉혀놓고 엘프의 고향에 다녀온 얘기를 해 줄 거야. 미처 보지 못한 아이슬란드의 검은 밤과 오로라, 하이랜드, 그리고 양 머리 수육이 그립다는 말도 할 거고."

전해 줄 수 있다면 마지막 쪽지에 그런 말을 쓰고 싶었다.

아이슬란드에 머무는 내내 오로라 없이도 감탄사가 끊이지 않았다. 그 자리는 한여름 동면에서 깨어난 자들의 에너지가 차지했다. 해가 지지 않던 댄스플로어, 피요르드를 타고 내리던 수많은 이름 없는 폭포, 보라색으로 출렁이던 층층이부채꽃밭, 아무 도로나 막힘 없이 달릴 수 있는 자유. 그건 여름에 아이슬란드를 찾은 이에게만 주어지는 선물이다. 우리는 먹고, 마시고, 웃고, 떠들고, 아름다운 것을 보고, 쫓아다니고, 하이파이브를 했다. 그러는 내내 백야였다.

레이캬비크를 떠나기 전, 링로드 여행 전 매일 오가던 클람브라툰Klambratún 공원에 다시 가 보았다. 푸른 잔디가 물기를 머금고 있었고 신발 앞코가 조금씩 젖어들었다. 하룻밤 새 분홍색 천막이 설치되어 있었다. "내일 여기서 서커스가 열린대!" 오 이런, 우린 내일 서커스에 갈 수 없다. 공원 내에 있는 레이캬비크 아트 뮤지엄 키야르발스타디르Kjarvalsstaðir도 마침 쉬는 날이라 문이 닫혀있었다. 내일 오전이 되면 다시 문을 열겠지만 우리는 내일 레이캬비크에 없다. 주말에 시내 라이브클럽에서 요즘 잘나가는 레이캬비크 밴드의 공연이 있다 해도 볼 수가 없다. 더 많은 음악을 듣고, 더 많은 아티스트를 만나고, 더 많은 맥주를 마실걸.

자꾸만 아이슬란드에 두고 온 것이 떠올랐다. 생각은 꼬리에 꼬리를 물고 미련은 더 큰 미련을 불렀다. 비행기 옆자리에 탄 아이슬란드인에게 '어느 피요르드 출신이니?'라고 묻고 낙하산을 타고 날아가고 싶었다. 눈을 감으니 링로드 위를 달리는 감각이 되살아났다. 그 느낌이 하도 생생해 하마터면 벌떡 일어나 이렇게 외칠 뻔했다.

"여보세요. 캡틴. 저는 여기서 내릴게요. 아이슬란드로 다시 돌아갈래요."

Iceland
Culture Club